Heibonsha Library

言葉というもの

平凡社ライブラリー

Heibonsha Library

言葉というもの

吉田健一

平凡社

本著作は一九七五年六月に筑摩書房から刊行されたものです。

表記は原則として旧字は新字に、歴史的かなづかいは現代かなづかいに改め、読みにくいと思われる漢字には適宜ふりがなをつけています。

又、今日では不適切と思われる表現に就ては、作品発表時の時代背景と作品価値などを考慮して、原文どおりとしました。

目次

言葉というもの

文学が言葉であるなどということは改めて断るまでもない。併しそれが言葉であることは解っていてもその世界が極めて雑多なもので、更にその世界がどこまで拡るものであるかも必ずしも明かでない為にそこに分類する欲望が生じ、家庭小説とか紀行文学とか歴史は文学であるかとかいうような名称が出来ると今度はその名称の方が先になって言葉の他に文学があり、小説は文学であるがそれでは哲学はどうだろうかという種類の考えに耽ることになる。これはその昔、詩には叙事詩と抒情詩と劇詩があることになっていてその為に抒情詩、或は劇詩という固定観念を頭に植え付けられ、一篇の詩を読むにもそれが劇詩か叙事詩かと言った無駄な詮索に邪魔されたのと変らなくて、ヨオロッパの中世紀の名目論と実念論の争いがどの程度に意味があるものだったのでも名前というのが恐しいものであることを我々は感じる。

併しそれならばその抒情詩、劇詩の伝で我々はこれは小説だと思いながら小説を読むのだろうか。その時に既に我々は言葉というものの働きに背いているので、この働きが生じるには我々が一つの言葉からその言葉が伝えるものだけを受け取ることが必要であり、それ以外のものをそこに読み込めば言葉の力はそれだけ鈍る。又それが伝えるものだけというのを字引に出ている意味という風に限られたものという先入主で考えてはならなくて、その点に就ては言葉はその使い方によってそれが伝えるものも幾らでも変り、それが響く範囲はその響が消えることで始めて決る。もし言葉の或る組み合せで火という言葉が使ってあればそこでそれはその言葉であることで我々に働き掛け、例えば炉に火が燃えている状況はそれが出て来るのが詩、批評、或は哲学と分類されるものであることで変化することはなくてデカルトは炉に火が燃えている部屋に閉じ籠ってオランダの冬を過し、彼の「方法に就て」のその部分でこの状況をそのままその状況として受け取らなければ彼が方法の説明をするのにも付いて行けなくて、オランダの彼の部屋もその説明の一部である。

小説は嘘であるからそこで火が燃えているのは嘘で歴史で火が燃えているとあればそれは事実を語っているとも言えない。先ず言葉が言葉の働きをして火が燃えている状況、或はもしそれが間違いなくその働きをしているならば現実が生じ、それによって小説ではその世界の一端が成立し、歴史ならば過去にその事実があったことが始めて我々に伝えられたことになるので、言葉はその使い方が正確を欠く時に嘘になる。ロオレンス・ヴァン・デル・ポストがブッシュマン族との接触を求めてカラハリ沙漠に入って行った時の紀行に、沙漠に着く前に曾てこの種族が岩壁に書いた絵が幾つも残っている神々の住処という感じがする山の下を通り、探険隊の一人がモオゼが神に十戒を授かったシナイ山のようだと言う所があってこれはライダア・ハガアドの冒険小説に出て来てもよさそうな場面であるが、ポストが書いていることの方がハガアドよりも真実に響くのはポストのが紀行でハガアドのは冒険小説だからではなくてハガアドと比べてポストが遥かに文章家だからである。

言葉はいつも言葉の働きしかせず、その余地を与えなければ言葉は死ぬ。これに対して我々が使う前の言葉、ただそこにある言葉というのは、それが便宜的に作られた術語の類の場合は別であるが、人間の間で言葉であることで生きて来たものならばどのような響も発し得る状態でそこにあり、その言葉には過去が息づき、現在がその言葉で生かされるのを待っている。我々が受ける印象次第でそれ自体が詩であって、前に日本の帝国海軍の戦艦は詩をその名前に付けていると書いた。これには長門、武蔵などの国の名が付けてあったからで地名は言葉の中で言葉のそうした性格を最も明確にもの語るものの一つであり、フランス人にとってフランスという言葉が持つ重み、或は幅は我々には想像し難い。併し我々にもリモオジュ、ポアティエ、アンジュウなどの地名にある詩は感じることが出来る。併し詩であるというのは言葉が既に何かに向って動き出したと見てである。

言葉を使うというのは言葉に自由に働く余地を与えることであって、例えばイエイツに次のように始る詩がある。

I have met them at close of day
Coming with vivid faces
From counter or desk among grey

Eighteenth-century houses.

これは中学の教材に使っても構わないと思われる四行で、この四行だけでは詩と散文の区別も付け難い。併しそこではどの言葉もその場所を得て表すべきものを表し、又表すべきものを表す為に前後の言葉に繋って詩人は言葉が流れて行く方向を知って言葉に流れて行くべき方向を与え、それは言葉に聞いてこの詩が取らなければならない形を探っていることでもある。又それ故に言葉は勢を生じて韻律は一つの明確な調べになり、この詩も既に動かすことが出来ない線を辿って次第にその輪郭が現れて来る。

Hearts with one purpose alone
Through summer and winter seem
Enchanted to a stone
To trouble the living stream.
The horse that comes from the road,
The rider, the birds that range
From cloud to tumbling cloud,

Minute by minute they change;
A shadow of cloud on the stream
Changes minute by minute;
A horse-hoof slides on the brim,
And a horse plashes within it;
The long-legged moor-hens dive,
And hens to moor-cocks call;
Minute by minute they live:
The stone's in the midst of all.

夏も冬も通して
ただ一つの目的しかない心は
それを他所に生きている流れを乱す
一つの石に化したようだ。
そこへ道の方から来た馬も
その乗り手も雲から

崩れる雲へと渡る鳥も
一分が過ぎれば又一分と変って行く。
その流れに落ちた雲の影も
一分と同じではない。
この流れの縁で馬蹄が一つ滑って
馬が流れに踏み込む。
又長い足をした赤雷鳥の雌が
飛び降りて来て雄に呼び掛け、こうして
一分の後に又一分と生きていないものはない。
併しその中に石がある。

これが詩であることはここまで来れば明かであって、詩であるというのは言葉がどこまでも生きてその響もその一連の言葉に固有のものになり、その言葉が中心をなして人間の世界がその周囲に拡っていることである。凡て詩、或は紛れもなく言葉であることを得た言葉にはこの作用があり、これは言葉の生命はその律動とともに我々にも伝わって、我々にとって我々が生きている場所が我々の世界の中心であることで説明出来ることかも知れない。併し注意すべきはこの事情が散文にも認められることで、そうである他ないのは言葉が生きて我々に生命を伝えるのでなければそれ以外の何も伝えるに至らないからである。フィツィンハがその「中世紀の衰退」を書いたのは陰惨と一般に見られている中世紀という時代に何故ファン・アイク兄弟のような画家が仕事をすることが出来たかという素朴な疑問を抱き、それが解決したかったからで、この素朴は根本的であるということでもあり、素朴であるから簡単なのではなくて話は逆である。もし言葉を字引に出ている意味の代用品位に考えるならば中世紀も世界史の或る時代に与えられた名称であってその限りでは平安朝、六朝、ルネッサンスその他と選ぶ所はなくて同じく字引の意味の寄せ集めで処理することが許される。併し中世紀も他の時代と同じく人間が何百年かに亙って生活してその結果営んだもので、一人の人間の生涯でさえも生涯などということで片付けられるものではない。

フィツィンハがしなければならなかったのは中世紀という一つの時代を取り上げてこれを解り易く人に説明することではなくてこれを彼自身が解ることだったのであり、この仕事で言葉が演じた役割に就て多く語る必要はない筈である。彼に与えられた問題は言葉で中世紀を復原することだった。彼の大著には中世紀があり、それ故にそこでファン・アイク兄弟その他の画家達もそのあるべき場所を占めているのであるが、生命を扱うのに生命を伝える言葉、或は厳密にはそう断るまでもなくて言葉である言葉を用いるのでなければならなくて「中世紀の衰退」も言葉で築かれている。併し少しでも我々が読んだ本を点検するならばこれはフィッィンハ、或は歴史に限ったことではなくて字引では意味が同じである他の言葉と取り換えて構わない程度の言葉で言えることは多寡が知れている。殆ど無駄な苦労であって、ここで言うというのは表すことを指してである。

我々にとって或ることが大事であるかないかは究極の所はそれが我々の生活ではなくて生命に資する程度による。我々人間が物質ではない証拠であって、その物質が対象である科学の世界を除けば我々は死んだもの、或は何かの形で我々の生命を掻き立てないものに用はない。この用というのも程度の問題だろうが、我々が或ることにそれを言うだけの価値があると認めること、又或る言葉にそれに接するだけのことがあると考えるのは常にこの我々が生きているということに関係があり、我々がそれを言い得た時に、又その言葉に我々が接して生命が動く。この場合に生命を水に喩えれば話が解り易くなるかも知れなくて、水が一切に浸潤してそれが触れないものはないことを思うならば我々が望む言葉も対象の一切を含んでその全体を、或はその姿を映し出すものであることが明かになる筈である。従ってそれが生命と関係があるのであっても壮語である必要は少しもなくて、それは隠微でも、精妙でも、荘重でも、或は滑稽でもあり得る。

こうして言葉が何ものかをそれそのものと我々が感じるまでに克明に描くならばその言葉は

それを表したのである。そして詩ではなくて散文であっても我々が求めることは同じで、又それが散文の種類によって違うということもない。例えば理窟を並べるということがあるが、それが相手を説得するに至るのは問題がそこで浮き彫りされて相手がそれをそこに見る思いをすることによってであって、そこまで来れば問題がそこに生きているとこの生きているという言葉の定義に従っても言える。寧ろ理窟を並べるのが日常の世界を離れたことに就てであればある程言葉は精妙に、柔軟に、又着実に言葉でなければならなくてそれには隠微な場所に達する水の作用を思えば足りる。これは言葉は常に言葉でなければならないということであって、例えば恋愛の心理を小説で分析するのと哲学で扱うのと、或は更に一般的に言って哲学で持続の問題を取り上げるのと歴史で一時代の社会の動揺を、或は小説で人殺しの場面を描くのと言葉の使い方の上で幾通りもあるということはない。それがあると思う結果が形式の名称が何であるに拘らず駄文なので、この辺のことはデカルトとギボンとスタンダアルが書いたものを読んだ記憶で納得出来る筈であり、偶然のことなのか、この三人の優れた文章家は何れも同じ文明の殆ど同じ時代に属している。

それ故に或る種の文章は書けても他のは書けない文章家というのも妙なものである。確かに或る種の文章を書くのが仕事である人間、或はその仕事に最も興味を持っているものが主にその仕事をするというのは普通のことで、もしそれが歴史であるならばその人間は歴史家であることになる。モンテエニュはエッセイというそれまでなかった名称の形式に打ち込んで今日彼のもので残っているのもエッセイである。併しそれは彼に他のものが書けなかった為であるとはその文章からも到底考えられず、ここからそのエッセイということで話を進めて行ってもいい。これは今日でもまだ日本で適当な訳語がない名称で強いてそれを求めれば散文ということになるかと思われ、事実それは我々が普通に散文という言葉で胸に描くものに当て嵌る。ヨオロッパでも詩が発達した後に散文で書くものが現れ、これが詩よりも自由に何に就てでも書くのに適していることが認められて来て散文が発達した。

エッセイはその定義からして何でも取り上げ、何でも出て来る文章であって、それ故に文章家の資格はエッセイではその前提になり、ヨオロッパで他の散文の形式に先立ってエッセイが開拓されたのは偶然ではない。ここで詩と散文の一応の区別を付けるならば、詩では言葉の力そのものが他のことに増して求められるのに対して散文は取り上げたことに就て書くのが主な目的であるということになるだろうか。併しそれで取り上げることに制限は全くなくて、我々の精神が触れてはならないものがあることが許されないのと同様に散文も凡てのことを言葉に直すことが出来るまで洗練されるのでなければ散文ではない。それ故にヨオロッパではエッセイとともに散文の観念が発達したとも言えるのでベエコンはエッセイを書いた後に伝記を手掛け、英語を教養があるものの用語に適していないという考えでありながらその哲学の一部も英語で書き、何れの方面でもヨオロッパの文学史で新しい分野を開拓していて、その仕事を統一しているものは彼の散文である。

併し何も彼の時代まで遡ってこのことを説く必要はない。鷗外というものがあって、彼の最大の仕事が伝記でありながら彼が一般に歴史家と認められていないことが読者に彼に対する態度を決め難くしているという奇妙なことに今日ではなっているが、それならば例えば彼の「伊沢蘭軒」を伝記と考えるだけ余計なのである。彼の文章を見て行くならば「舞姫」と「渋江抽斎」、或は「伊沢蘭軒」では段違いの差があり、これは文学形式ではなくて彼の成長の問題であるとともに「舞姫」を読んでもそれが彼の文章であることは疑いの余地がない。「独逸日記」を書いたものが「舞姫」も書き、その思考力、従って言葉を用いる力も増大するのと並行して関心に導かれるままに一般に認められている文学の各形式で仕事をし、彼の精神が円熟した際に着手したのが伝記だった。それならばその価値を決定しているのも彼の文章であって、もちろんこれは彼が書いたものに就て特に指摘しなければならないことではない。

一篇の文章に就てそれが文章としては立派であるがなどということが言えるものだろうか。その中身が欠けているというのであれば、それがどういうことだろうと何かそんな感じがするのならばそれは立派な文章ではない。併し鷗外の文章も円熟してその生涯の傑作が晩年に書いた伝記であっても、これはそれまでのもので現代の日本語の文章がこの展開を見せるに至ったかと思わせるのがないということではなくて「なかじきり」、「空車」、「妄想」、「じいさんばあさん」、或は「山椒大夫」、「安井夫人」など、これを文学の分類に従えば煩さいことになってもそこに鷗外の世界があり、それが人間の世界の多様と奥行きを改めて我々に示すものである点で優劣はない。又そう考えて来れば彼の初期のものを故意に軽視する必要もなくなって「舞姫」でも「即興詩人」でも彼の息遣いは既に整い、彼の全集ではその息遣いの変化に親む為に彼が書いたものを年代順に排列すべきである。

鷗外は伝記、劇、小説その他の分類を通して常に同じ彼の文章で書いている。これは当然のことのようであって今日の日本でも極く少数の作者にしか望めないことで、それ故にそれを大目に見ていいのではない。例えば小説しか書けない人間は不具であって、それは必ずその小説にも現れている。横光利一の随筆と呼ばれているものはその小説に匹敵し、その批評も彼の文章で書かれていて、そう言えば彼も現代の日本で極く少数の作者の一人に挙げていい。併しこういう状態が変則であることは繰り返して言わなければならなくて、これは今日の日本以外に見られないことである。それ程までに我が国では形式が先に立つものならばこれはこの場合は本末顚倒であって所謂、芸術の部門に属する各種の技術を材料に考えても絵の基礎をなすものは図画であり、如何に唐突な抽象画を書くものも図画の腕がないものが画家でないことはピカソの鉛筆画で解る。その図画の線は凡てのものを描くのに用いられる。

イィヴリン・ウォオが死んでその仕事の全体を考えることが出来ることになった訳であるが、彼の小説、紀行、伝記、及び自伝を思い浮べて見て感じることは各種の形式に分類されたそれぞれの本は鮮明に印象に残っていてもそれが何と分類されているかは殆ど意識に上らないことである。後で考えるならば例えば「ブライズヘッド再訪」は小説である。併しこういうことがあって、自伝という形式ではその作者が主人公であるが、ウォオのものに出て来る色々な主人公の父親というものを取るならば自伝で描かれているウォオの父親のアァサア・ウォオと「ブライズヘッド再訪」のチャアルス・ライダアの父親と、それから同じ小説でジュリアの父親のマアチメイン侯と並べて何れも我々が本を読んでいる時の精神の世界では実在し、我々にとって親しい人物であって、その中でウォオの父親が架空の人物ではないから一層本当の感じがするということはない。もし何か他の人物とは違ったものがあるならばそれは自伝であるから間違いなくそれがウォオの父親なのだろうという文献上の興味が加るだけで、更にここに挙げた三人は性格その他の点で全く独立していてウォオの父親の印象が後の二人にも及んでいるということもないのである。

この考えて見れば当り前なことがそれにも拘らず指摘するだけの価値がある。ウォオの父親は確かにいたのだろうが、それを描いたのがウォオの散文でなかったならば我々はその歴史的な事実を与えられるだけに止るということもあり得る。その父親というのは現世での存在を離れれば単にそういう観念、或はまだ観念にさえもならない名称に過ぎなくて、もしそれに就て書くことでそれがウォオの父親というものになってそこにその姿を現すならば同じことがウォオの小説で全く架空の人物である老ライダア、或はマアチメイン侯に就ても行われている訳で、そのように分けなくてもウォオの小説、伝記、紀行に登場する人物は凡てこうして我々の前に姿を現す。又当然このことは人物に限られていなくて、ウォオがエチオピアに旅行した時に乗った鉄道も「黒禍」でアザニア帝国に敷設される鉄道も同じ我々の精神の世界を走り、それは何れも現実であるということになって、その現実を支えているものがウォオの散文である。

言葉抜きの現実などというものはない。それ故に科学の世界に現実はないので、事実だけを対象に扱って言葉を越えることを目指している時に現実などというものに用はないとも考えられる。我々にとって何かが動かし難く記憶に残り、精神のうちに確たる場所を占めるというのはそれがそこで生きるということで、それが消えずにいるのはこれに生命を与え続けるものがあるからであり、それが我々と生命を分つ言葉である。我々は恩という言葉を知らないで恩を感じることは出来なくて、その実例は我々の周囲に多過ぎる。或は十八世紀のヨオロッパの社会と文明は honneur という言葉で支えられていたとも言える。又現在を現在と認めるのも言葉の媒介なしでは望めないことで、今が現在であると思う時に既にそれは過去であるという意味でなくて我々が現在がどのような形をして我々の前にあるかを知ろうとすれば、我々が或ることにその形を取らせる言葉を探す際と同様に我々の精神は空白、或は暗闇に巻き込まれ、そこから我々は言葉を得て出て来る。それが現在を我々にとってその現在である他なくする鍵であり、過去でも現在でも、又我々がどこにいても或ることがそれである他ないのが現実である。信長は城から馬を走らせて出た時に既に桶狭間という言葉が頭にあって彼の作戦を決していたに違いない。

この考え方は神秘主義ではなくて、或はそうであるかどうかは神秘主義の解釈次第であるが、現実をなしている要素の複雑に対応するのに我々には言葉の複雑であってその為に中心を失わない働きしかなくて、こうして複雑が複雑に答えてその言葉、或は幾つかの言葉で現実が成立する。それは数学のようであっても数学は応用が利くのに反して現実はそれ以外にないのである。このことからもう一歩話を進めないではいられない。我々が考えるというのは或ることに就てその現実を知ろうとすることでその為に言葉を探し、この冒険は我々が或ることを表す言葉を探すのと全く同じ性質の行動であり、或ることを表すというのもそれを表す言葉があって始めてその何かが我々にとっても明確な形を取るのである。それならば書くことと考えることは同じであり、ただ書くに至らずに考えるというのはこの同じ一つの行動をする緻密の度に違いがあるだけであって言葉をなすに至らない思想というものはない。又それならば現実も常に現実というものであってそれが成立するのが我々の生活でだろうと言葉で築かれた世界でだろうとそれは現実であり、言葉が文学である時我々の生活と文学を区別する必要はなくなる。前にフランス人にとってのフランスという言葉と書いたが、これを更に押し進めて我々の生活から言葉、それも符牒で代用出来る種類のものではなくて友達が友達に話し掛ける言葉、詩人が我々に聞かせる言葉が失われた場合を考えて見るといい。

そうすると涙だということになるだろうか。確かに涙脆い人間程涙を嫌う振りをする。その振りをするまでもなく涙は嫌われていていいが、友達が友達に話し掛ける言葉が涙だというのは速断に過ぎる。ここで再び話を我々の生命に戻して、それを保証しているものの一つに湿度があり、我々の眼は事実涙で常に濡れていて健康なので我々の肺も脳髄も、骨さえも濡れていて海から現れた我々地上の動物は水分なしでは一刻も生きていられない。我々にとって言葉は生命の延長であって湿度が言葉にあっては柔軟、緻密などの性格になり、それがない言葉で考えるのが公式であり、もしそれを使って書けばどうなるかはその見本が幾らでもある。例えば筋金入りの論理などというものがあるだろうか。それが論理である為には一切のものを貫かなければならなくてそれに必要なのは水の緻密であり、筋金というのは一本の鉄の棒に過ぎない。それで自分には論理に見えるものが通らない時にはそれが暴力に変る。

詩が抒情詩の意味に取られる場合が多いのもその辺の事情から来ているものと思われる。別に詩を読んで泣かなければならないということはなくて、もし詩を読んで泣くことになればその詩の価値を一応は疑うことが許される。併し詩が優れているだけ言葉が言葉である性格を増して集中的な効果を収めるのは当然であって、そうあるべきものが言葉であることに気付かないものがそういう言葉に接して自分が忘れていたものを思い出し、それが例えば自分が人間であるということであれば、自分がそれを忘れていたことにも気付かずにただその衝撃だけで泣きたくなるというのは物理的に自然な話で、そのように物理的であるのが通俗の現象であるならば詩は泣くものというのが常識になるのも解ることであり、詩のみならず凡て我々の生命に触れるものは生命の方は理解の外に置かれて涙の問題になる。又それで生命を取り返したことにもならなくて涙は拭けばなくなる。

それで三好達治は抒情詩人、これを言い換えれば涙脆くて人も涙脆くする詩人であることに長い間なっていて、今日でも或はそうかも知れない。例えばその初期の、

海よ、僕らの使う文字では、お前の中に母がいる。そして
母よ、仏蘭西人の言葉では、あなたの中に海がある。

という句では詩人が自分を襲った郷愁を見詰めてその表現が的確を極め、それで海と母という壮大な観念もその通りに壮大なものになって、ここでも生きている人間である自分に対する

郷愁などというものを忘れた人間が何となくいい気持になって泣くという風に説明が付く。併し同じ詩人の後期のものにこういうのがある。

朝なりき青木の蔭に
胸の和毛《にこげ》を雙の羽《は》をかいつくろふと小鶲《こびたき》の
陽は木洩れ陽の破《や》れ壁に
巷《ちまた》のこゑは遠く絶え　ふもと微かにとよもすに
——小雨鶲《こさめびたき》のかくれ栖《す》む
金と緑を身づくろふ華奢《かさ》なる脚と黄の嘴《はし》と
朝なりき霜はゆるびて
風なきにものの一葉のふとも落つ……
こぞの日もこの玻璃ちかく迷ひ子の　野の迷ひ子の
ふくらなる彼の孤独を木がくれにもて来ておきし
げに新しき昨日に似たり
たとふれば汚《よご》れし海のわたなかの伽羅《きやら》の流れ木
よるべも知らぬ漂泊と

脆《もろ》げなる美と　沈黙と　絶えずする身慄ひと
そのある朝の身づくろひ　さて一やすみ
——今汝に於て一つなる
遠き天より一葉落ち
（さなりまぢかき出発のため）
この朝《あした》おのがじし我らに於ける愕きの　その快き羽搏《はばたき》の二つに於て一つなる

言葉の集中的な効果と書いたが、それが或る点に達すれば衝撃は我々の精神に直接に向けられて我々は覚醒するのであり、その用意がなければ泣くことも出来なくてこれは難解だということになる。それで傑作の大部分が難解で片付けられる抒情詩人もないものである。ヴァレリイの「若いパルク」にこういう一節が出て来る。

Souvenir, ô bûcher, dont le vent d'or m'affronte,
Souffle au masque la pourpre imprégnant le refus
D'être en moi-même en flamme une autre que je fus……

黄金の風を送る柴堆《しばづみ》、思ひ出、
私が炎と燃えて曽て私だつたものになることに対する
拒絶を顔に紅に吹き上げてくれ。

既に泣ける詩などと言うことはない。凡て詩が我々に及ぼす作用は我々を何となくいい気持にすることでなくて爽かな感じに浸らせることで、詩では言葉の力が求められるのも言葉と我々の生命が律動の上で一致した時に我々が最も生きるからである。ジイドがゲエテの「ロオマ哀歌」を読んで脈の正常な打ち方を教わったというのは修飾でも形容でもない。又それはジイドが文学青年だったからというのも当っていなくて、言葉と人間の関係に就ては既に述べた通りであり、もし正常にものを考えるのを文学という言葉が邪魔するならばこの言葉を使うのを止めるのが早道である。そう言えば我々は本を読み、詩に動かされるということはあっても文学などというものの御厄介になったことはなくて、或はもしあるならば言葉というものを文学という言葉で置き換えているに過ぎない。それは重宝であるが、その為に文学という言葉ばかりが繁昌して言葉と呼べる程のものはどこにもないという状態も起り得る。

詩人も或ることを扱うのが目的で詩を書くのに違いなくて、少くとも詩も何かに就て書いてあるのでなければ詩にならないことを知っている。併しその前に言葉が全面的に言葉であることを許されなければならないことは詩での方が散文よりも更に明白であって、詩で言われること、或は言われることになることに対してそれを言う言葉があり、その間に言葉を生じる沈黙のうちに幾らでも交渉、修正が行われ、これは我々がものを考えている時に起るのと同じ現象であるとともに詩の場合はその相互の作用が遥かに緊密なものであってその結果が詩になる。又そうして言葉を探すことで言葉に教えられることになるのは考えること、書くことに共通であっても、もしその際になされることがその最も緊密な形を詩で取るならば、その点からも詩が我々に与える生命の衝撃、又言葉を使うという行為の中で詩が占めている位置を説明することが出来る。又これに対して今日の日本、或は現代の世界は例外であるなどというのは、これも文学その他の合い言葉に毒されての錯覚に過ぎない。

我々は再び詩と散文がどう違うかという問題に連れ戻される。一般に詩が散文よりも先に発達するのは言葉というものの性質からして当然であって、地上で最初に人間が言葉を得た時には先ずその力に打たれたものと考えられ、それならば言葉を使うのも詩の形でだったに違いない。寧ろ言葉の力を験してそれに喜び、或は恐怖を感じるのが言葉を使うことだったので、これは今日でも詩人がしていることである。併し言葉には意味があり、或は意味というものもあって、そのことを意識するに至ってその方に重点が移れば言葉を使う上でも多少の変化が生じる。先ず言葉の意味が言葉をなしている他の要素から引き離され、恐らくは一部のものの間で今日行われていることと同様に言葉がその意味になり、それが言葉の力をなしているものの大部分を幻影、或は粉飾と見て捨て去るという結果を生じて、ただ意味を求めて言葉を繋ぐことから来る曖昧とたどたどしさがどの国語で書かれた散文でもその初期の特徴になっている。

古代の場合そういう駄文、或は愛すべき悪文が今日残っていないのは反証にならない。もっと後世に例を取ればフィリップ・シドネイの散文は劇詩があれ程の開花を見せたエリザベス時代のものとは思えなくてベエコンやサア・トオマス・ブラオンが書いたものは彼等の古典に対する造詣があってのことであり、モンテエニュに至っていきなりフランスに散文が現れたのでなくてその前にフロアサアルの年代記や「オォカッサンとニコレット」などの物語がある。そして言えることに限りがあるのも初期の散文の特徴であるのは当然でその点で散文が一応の完成を見たのはヨオロッパでは十八世紀だった。これはロオマの文明が亡びてから勘定して千年を越える月日であって、それは詩と比べて散文の方が書くのが難しいのであるよりも散文の発端の無理から来るものと見るべきであり、言葉をその意味に限定して使う結果が外国人の片言と電算機が綴る悪文である。

初期の散文、例えばフロアサアルの年代記やマロリイがフランス語から英訳したと称するアァサア王物語の稚拙はそういう片言や悪文の俗臭からそれがその当時はそれで一通りの教育を受けた人間の精一杯の努力だったことで救われている。そしてどういう積りで散文を書くのでもその為に使うのは言葉であり、又言葉をその意味に限定して使うことで要求される性格は簡潔と明確であって何れは言葉がそれを使うものにそうした性格を文章に与える手段を教えることになる。我々が書くのが詩でも散文でも言葉の性質は同じであって、言葉の力が殺がれていないことによって優れた詩も簡潔であり、明確なので、それと同じことが散文でも行われなければならない。そして詩でもその意味をそうして明確にしているのが言葉をその意味に限定してのことでないならば詩と散文で言葉の使い方は全く同じであることになり、ただ目的の違いがそれを達した結果に多少の変化を生じているに過ぎない。

併しそれが解るまでには時間が掛る。この場合に解らなければならないのは言葉を有効に使うことがその意味をはっきりさせることでもあって、その意味以外のことで苦心するのが美辞麗句でも、或は所謂、芸術でもないということである。確かに名文は美しいが、それは美の方で勝手に名文、或はあるべき所に置かれた言葉というものに付き纏うので美などというものを目指して簡潔な文章が書けるものではない。スタンダアルが繰り返して読んだナポレオン法典が出来上ったのは十九世紀の初めで、その頃までには散文の性質が一般に解って来てスタンダアルも名文は書いた。もっと後にペイタアがワイルドに散文の方が難しいからと言って詩を書くのを止めることを勧めたのは散文の性質を一層よく知ってと考えそうになるが、それよりも散文が詩と比べてまだ完成の余地があることをペイタアは感じていたので、ワイルドは完璧な英語の散文を書くようになった。

それで詩と散文が更に区別し難くなる。今日では詩がないのも同然でそれに散文が代ったのだと考えるのは詩と散文が区別し難いという根本の問題を忘れているので、詩も言葉であり、詩がなくなるというのは言葉がなくなることで科学ならばそれが解り、科学では図式と符牒と模型だけで示せる世界が初めから予定されていた筈である。「ガリヴァア旅行記」に、口を利くと息をし過ぎて体に悪いというので誰もが自分の廻りに色々な物体を並べ、又それを袋に入れて人に担がせて行ってものを言う代りにそれを取って相手に見せて議論までするという学者の国の話が出て来る。スウィフトの時代にはまだ科学がそれ程発達していなかったからこの話でスウィフトが何を諷刺しているのか断定は出来ないが、その後の経緯で科学も漸くそういう一つの分野になった今日では科学でない人間の世界もその輪郭がそれだけはっきりした筈で言葉も夾雑物を去ってただそのままの形で我々の前に置かれている。

実際には何が変ったというのでもないならば言葉もそのもとの姿を取り戻したまでのことで、その言葉は詩と散文の違いが問題になる程単純なものではない。或は全く詩だったり紛れもない散文だったりする言葉というのは純粋詩と同様に観念の遊戯に過ぎなくて、言葉は言葉と組んで進みながらやがてその一連の組み合せが詩になるか散文になるかを決定して行く。その結果を我々は詩と散文に分けてその目的や効果を識別しても、それで言葉に二種類出来る訳ではなくて言葉はいつもただ言葉として働く。イエイツの I have met them at close of day / Coming with vivid faces をそれだけ取れば散文でもあるならばヴァレリイの「精神の危機」に出て来る L'espoir, certes, demeure の三語は詩の形で我々に迫り、見当違いのことであってもその韻律でミルトンの「失楽園」の All is not lost: the indomitable will…… の句を思わせる。或る言葉の組み合せが散文であるから韻律などないと考えるものは何かを我々に伝えるに際しての言葉の働きに注意したことがないので、そういう人間にとって詩は言葉を一定の型に嵌め込んだものであるに止る。

詩人が優れた詩を書いて散文が書けないということがあり得ないのは言葉の働きを全面的なものにして伝えるべきものを伝える訓練が出来ているからであるが、散文で名文を書くものが必ずしも詩を書かないのを詩の方が難しいからという理由で説明することは出来ない。我々がものを書き、又読むのに動機というものがない訳ではなくて、一つは我々は考えるので言葉を使うのであり、これが最も多くの場合の動機であるかも知れない。ギボンはロオマの廃墟を見てロオマ帝国が亡びた原因が究めたくなり、その結果が「ロオマ衰亡史」だった。そのようにして多くの散文、殊に精妙な思考、従って言葉の精妙な使い方が必要な名文が書かれて、曾て西田幾多郎が文体で読ませる哲学者だということを聞いて何か焦点が合わない感じがしたことがあったがベルグソンの名文は彼が対象に選んだことが凡てそういう名文でしか言葉に直せないものだったからであり、彼の目的は対象の性質の解明にあった。併しどういう理由から書かれたものでも名文は名文であり、ギボンとともにパスカルの「田舎者の手紙」をその文体に精神が洗われる為に読むのは少しも不当ではなくて、パスカルは神の恩寵に就ての自分の意見をはっきりさせるのが目的でこれを書いた。

名文は何かをはっきりさせる。併しその経過自体が我々の精神に働き掛けてその歪みを調整し、精神を正常なものにするのは優れた詩でも散文の名文でも同じであって、我々にとって神の恩寵も物質と記憶の関係も別にそれに就て本が読みたくなる程重要なことではなくても精神の正常を取り戻すのは重要であり、それが爽かな経験であるのは肉体上の健康を楽むのと変る所はない。更に又精神の働きがどれだけ微妙なものになって我々に危きに遊ばせてくれるのも洗練された言葉の味というものであり、これは我々の生活の埒外にあることではなくてその微妙に我々の生活の味もある。ワイルドが自然と芸術の関係に就て言ったことは文学にも当て嵌り、又それは逆説の為の逆説ではなくて例えばクロオド・ロランの絵に親むことで我々は夕方の光線に対して眼が肥え、又我々が既に肥えた眼の持主で夕方の光線の中に立つならばその時我々はクロオド・ロランである。

それならば文学は絵空ごとなどということを気に掛けることはない。我々の生命は言葉の命でもあって、それ故にその命が我々を生き返らせるのであり、我々に回生の必要がなければ言葉の命は我々の生命力を充実させる。その昔ヨオロッパで軍勢が敵に向って行った時に吟遊詩人が竪琴を持ってその先頭に立ち、英雄の事績を歌いながら進んだというのは一つの勇壮がもう一つの勇壮を呼んだとも見られるとともに、それを聞いている兵士達の胸のときめきは敵に肉迫しての胸のときめきと少しも違った性質のものではなかった。或は我々がヴァレリイととにヨオロッパの崩壊に立ち会っている時に我々は彼の言葉に酔わされて現を抜かしているのではない。ヴァレリイは生身でその崩壊を経験していて、それが生身であることを彼の言葉が伝えている。確かに対象が微妙な性質のものであればある程それに形を取らせる言葉の組み合せも微妙になり、それは言葉の働きが全く無駄を去ることで、こうして散文は常に詩に向い、詩になる機会に恵まれて必ずしもそれを摑むとは限らない。併し我々が求めるのは詩でも散文でもなくて言葉であり、それが詩にも散文にもなるのが繰り返された後に言葉が残る。

説話

「今昔物語」や「宇治拾遺物語」に集められたものは説話ということになるようである。つまり、昔から言い伝えられたこととかもっと最近の出来事とかでそういうことに興味を持つ編者が耳にしたものであって、それを集めて書いたこういう説話というものには時代、又場所の相違を問わず或る共通の性格があると思われる。例えば「今昔物語」は平安朝末期に属する所謂、院政期、「宇治拾遺物語」はこれに続く鎌倉時代であっても同じ話がその両方に出て来るということは別としてもどこか似通ったものが感じられるだけでなくて、それは例えば支那の清朝の「聊斎志異」、或はイタリイのルネッサンス時代後期の「イル・ペンタメロネ」にもその各編者の文体や態度を越えてそこにあることが認められるものである。勿論これはここに挙げた幾つかの文集が言わばその内容の点でも似ているということではない。寧ろこの共通の性格があってそれに即して時代、人情、風俗などの違いが却って明確になるのであるが、それを続けて読めばどこか前にこれは読んだことがあるものという感じがすることでこういうものは一つの類をなしている。

その共通のものは或は飾り気がないということになるだろうか。併しそれだけでは誤解の余地があることで飾り気がない語り口であるから語られていることが素朴な性質のことばかりとは限らない。又その飾り気がない語り口は同時に凝った名文でもあり得るのでそれには「聊斎志異」の文章を思えば足りる。或はこれは「宇治拾遺物語」の平の貞文と本院の侍従のことか

らの一節を原文のまま引くと、

道すがら、たへがたき雨を、これにいきたらんに、あはでかへす事よもと、たのもしく思て、局にゆきたれば、人いできて、上になれば、案内申さんとて、はしのかたに入れていぬ。みれば、物のうしろに火ほのかにともして、とのゐ物とおぼしき衣、ふせごにかけて、たき物しめたる匂ひ、なべてならず。いとゞ心にくゝて、身にしみていみじと思ふに、

というような書き方は飾り気がないのが必ずしも素っ気ないことではないことを明かにしている。幾らでも艶に、又異様に、又時には俗を離れること遠くなるのが説話の世界の常であるが、それを承知の上でこの飾り気がないということに戻るならば結局これは人が話をする時の口振りというものを考えるのが一番いいかも知れない。それは何か書くのと違って一言毎に聞き手に与えた印象の他は宙に消え失せるのであるからどれだけ上手に、又工夫して話しても聞き手に聞いたことに就て思案させる暇を与えず、又与えないのが話上手というものであり、これが説話でも、それがどういう形のものでも踏襲されて言葉はそのまま像をなし、その像の連続で一つの話を読み終る。これは「イル・ペンタメロネ」のように文字通りに素っ気ない調子のものから「聊斎志異」の名文に至るまで一貫した一つの性格で言葉はそのままそれが指すも

のであり、これが飾り気がないという印象を与える。
併しそれだけではない。この言葉がそのままそれが指すものであることは読むものに余計なことを考えさせずに読んで行かせる仕儀にもなって、これが一方では思いも掛けない新鮮な効果を収めることがあるとともに殊に後になってやはり素朴とでも形容する他ない事柄が語られているのを、或はそうした語り口を読んでいる間はただ語られた通りに受け取らせる働きをする。例えばこれも「宇治拾遺物語」の越後から塩鮭を京都に馬で運ぶものが粟田口まで来て鍛冶屋の小僧か何かに鮭を取られる「大童子鮭ぬすみたる事」という話では鮭を取られた男がその大童子に体を改めさせろと迫っての挙句の果てが原文ではこうなっている。

さてこの男、大童子につかみつきて、和先生、はや物ぬぎ給へといへば、童、さまあしとよ。さまであるべき事かと云を、この男、たゞぬがせにぬがせて、前をひき明たるに、腰に鮭を二つ、腹にそへてさしたり。男、くは〳〵といひて、引出したるときに、此大童子、打見て、あはれ、もつたいなき主哉。こがやうに、はだかになしてあさらんには、いかなる女御、后なりとも、腰に鮭の一二尺なきやうはありなんやといひければ、そこらたちどまりて見ける者共、一度にはつと笑ひけるとか。

我々も読んでいてただ可笑しく思うだけであるが、それはこの話が説話の伝統に従って語られているからで初めから何か書く態度で書く時にはこれと同じ事柄を扱って読むものに多少とも卑猥な印象を与えることを免れない。又それはそれで計算に入れて文章の効果に加えることが出来てもそのことを無視するという訳に行かないのに対して説話ではそうした斟酌の必要がなくて、もし後になって何か考えるならば卑猥などというのが全く態度の問題であることに気付く方が野性というようなそれこそ後になってのこじ付けをやるよりも増しである。その意味で説話は健康だということになるだろうか。確かに俗説や偏見に縛られてものをありのままに受け取ることが出来ないのが病的なことであるならば説話は健康である。併しそれと同時にものをありのままに受け取るのが書くということをする目的でもあるならば説話はその書くという行為の結果の読み方を我々に教えるものでもある。

例えば「今昔物語」の本朝篇に悪行という分類で一括してある幾つかの話を読んでそこに集められたものが所謂、悪行であるからそう分類してあることは解ってもそれを読んでいて悪行ということが別に頭に浮ばないのは時代が変って善悪の観念もその頃と違った為と言ったことによるのであるよりも悪行と呼ばれる事件が起ったその世界がその通りの形で我々の前に現れるので事件もその世界の一部をなしている限りでは他の部分と変らないからであり、そのようなことよりも読んでいて分類の方はどうでもよくなる。訳に従って「何者とも知れぬ女盗賊の話」という題のでは相手が正体が解らない女の盗賊であるからこそこの話が成立し、それが終りまで解らなくて男がその女と懇な仲になり、その女が盗みを働くのを手伝いもしているうちに女が姿を消し、その家も女に言い付けられてものを出しに行った蔵も跡形もなくなって今度は一人で盗みを始めて検非違使に摑まるというのはそうなくてはならない感じしかせず、この世にあり得る不思議を語って芽出たい出来栄えである。

この悪行の部に入っているものにも他のと同様に、殊更に悪行だからというのでもなしに終りに教訓のような言葉が付いているのもある。併し例えば「盗賊から身の災難を教わる話」で民部の大夫の則助が盗賊に教えられて妻の指図と思われる企みで殺されるのを免れながらそれまでと同様に妻と暮すのを続けたのは可笑しいなどと書いてあるが、それよりも大事なのはその感想通りに編者が話の結末を書き変えていないことで、この編者もそのことに興味を持ち、それはこれが充分にあり得ることで事実あったらしいのに共感を抱いてそれをそのまま伝えたものに違いない。或は「宣旨により許された盗賊の話」ではその盗賊が検非違使の上の判官にどういうことを言ったのか、又何故それで宣旨によって許されたのか一言も書いてないのが却ってこの話を現実のものにし、我々は今日の天気が何故晴れているのか考えないのと同様にこの話に書いてあることも受け入れる。

ここに説話というものが持つもう一つの性格があって、それは又そういう説話の編者の人柄を語るものでもある。その性格というのは説話が必ずそのどこかで人生の機微に触れていることで、これによって恐らくは説話というものが言い伝えられ、そのことに興味を持ったものがその編者になる。これは「今昔物語」、「聊斎志異」など長く世に行われて来た説話集に収められたものが凡てそうであることから察せられることであって例えば前に挙げた「何者とも知れぬ女盗賊の話」で女が一応は男の我慢強さを験すという名目で男を縛り付けて鞭で打擲するのはその名目が真実であるならば無用のことであるのは明かであり、今日ならばこれに更に無用の解釈を施してしたり顔をすることになるのだろうが、そのようなこととは別にこれは女盗賊とこれと親しくなった男の間柄では少しも不自然と見る必要がない愛慾の現れであって不自然ではないからそういうことがなされるのがそれでも思い掛けない感じがし、その上で我々が事実その通りと納得する時にそこに人生がある。或は一つだけ「聊斎志異」から例を引くならば、ある話でお化けが話の主人公の所に夏の夜に飲みに来て、主人公の男が酒を燗をして出そうとするとお化けがそれを止めて暑いから冷やでいいと言う。

勿論、思い掛けなかったり滑稽だったりすることがそのまま人生なのではない。ただ人生で起ることが思い掛けなかったり滑稽だったりすることもあるので我々の人生で起ると認められることでなければただの滑稽その他に過ぎない。例えば「人質の女房がこごえて死ぬ話」は滑稽でも我々の意表に出るものでもないが、検非違使の時道が女房を人質に取った犯人を探し出して京に連れ戻っても何の恩賞の沙汰もなくて、その際に五位に叙せられるだろうと噂されたのが後に別の機会に五位に上されたというのは全く何のことでもないようでありながら我々はそれを読んでそのことが事実あった感じがしないではいられない。そのことに就てはそこに人生の論理があるとでも言って置く他ない。その論理というのはどういうものなのか。これは人生とは、人間とはと問うのと同じで我々が生きているうちには何かが起る時にはそれがどういう具合に起るかを知るに至り、そのようにそれが起る場所が人生であってその形でそれを起らせるものが人生の論理である。

「今昔物語」の「平中が本院の侍従に恋する話」で訳では終りの方がこうなっている。

……もう一つの物は、山の芋と練りものの香とを、あまずらを煎じた汁にひたして煮こみ、それを大きな筆の軸に入れて押し出したものである。これだけの細工をするものは他にもいよう。しかしそれを盗み見されることの用心のためにわざわざ細工するとは、何とすみからすみまでよく気のつく女であることか。世の常の女ではない。男子として、こういう女に逢わないでは生れたかいがないものだ、などと思い迷ううちに、平中はついに病気になった。悩みながら、とうとう死んでしまった。

ここで大事なのは男がそこまで気が付く女は世の常の女ではないことに気が付くことで、ただしてやられたと思っただけならばそれですんだことをその位の細工は他のものにも出来ても用心にそうするとはと驚いたのが男の命取りになり、こういう瞬間が人生を決定する。これは説話ではないが、ボオドレエルの散文詩に或る国王に仕えていた名優が謀叛を企てて一応は許され、それでも国王はその男を殺すことを既に思い立っていて宮廷で芝居を上演させ、名演技の最中に小姓に命じて非難の口笛を吹かせるとその名優がその途端に倒れるというのがある。その国王は自分に仕えているその男をよく知っていたのにも増して人生の機微に明るかったと言わなければならない。ただボオドレエルは詩人であって自分の精神の働きによってこの散文詩を書いたのに対して説話は、それでは人生から直接に作り出されたものとでも見るべきだろうか。それが説話になる過程からすればそうとでも考える他ない。

説話では人生が土台になっていることが説話のどういう性格とも結び付く。例えば艶であるのは平中が案内された侍従の部屋の佇いだけではない。「灯影に映って死んだ女房の話」ではその事情が初めの方にこう説明してある。

ある時、この小中将が、薄紫の衣に紅の単衣を重ねて、女御殿に伺候していたが、たまたま夕刻の御灯油を差し出す時に、その灯影に、この小中将が薄紫の衣に紅の単衣を重ね着しているその姿かたち、また口許を袖で覆い隠したその涼しげな目もと、額つき、髪の垂れぐあいなどが、そっくりそのまま映った。それを見つけて女房たちが、

「何とまあよく似たこと」

などと言って騒ぎ合った。

この時代がそのままその灯影に映っているような一節である。併しこれはそうした蜃気楼風の現象に止るものではなくて当時はそういうことが起った場合はその火を搔き落してその灰を飲ませなければその人が死ぬという言い伝えがあり、その時にはそれを知っている年嵩のものがい合せなくて小中将は間もなく病気になって死ぬ。ここで人生を生活と言い換えてもよくてその頃の生活でこういうことが起ったのであるから小中将の姿が灯影に映ったことを後で聞いて自分がそこにいたならばと悔む年輩の女房もいれば小中将が病気で里に帰っていると聞いて直ぐにそこまで訪ねて行く小中将と恋仲の男もいて、そこにこの時代の生活があることが灯影に姿が映ったことにも及び、一方は奇譚、一方は写実というけじめを付けるにも事件は明かにその生活の中で起っていて我々は小中将の死を聞いて男が悲むのを信じるのと同様に灯影に現れた小中将の姿がどんなだっただろうかと思う。又それがそうして生活の中で起ったことであるからそれを見た女房達も怪まずに実によく似ていると言って騒ぎ立てるのである。

この話で扱われていることは確かに奇異と言えば奇異であるが、例えばこれは同じようなことを書くのが目的のポオの短篇などと違っている。これはポオの短篇がこういう話に劣っているというのではない。併しこの二つが違っていることは注意するに価して、ポオのは初めから奇異の領域で我々の想像力を掻き立てることを狙ったものであり、そのことに見事に成功しているが、そうしたポオの奇譚が我々が日常親んでいる世界のどこに位置するかを考えるならばこれが全くの精神の妙技であってそれぞれがその一つの世界に結晶し、他からの介入を許さないことに気付く。これに対して例えばこの小中将の話はこれを取り巻いてこの時代の生活があり、更にこれも人生の一部をなすものであることで時代を下って我々の今日の世界とも繋っているのが感じられる。又そこにこの話が如何にも艶であることに掛けての特有の性格も認められて、そこへ行くとポオの人工の妙を極めた短篇は寧ろ我々に直接に美を思わせる。

こうした説話の性格と滑稽の関係は説明するまでのこともない筈である。既に挙げた「宇治拾遺物語」の「大童子鮭ぬすみたる事」がその一例であるが、「今昔物語」の「越前の守為盛が謀をめぐらす話」でも「鼻を持ち上げて朝粥を食う話」でも人間が生きて行く世界には涙よりも笑いが多いのが人間の歴史が始って以来のことであるのをただそのままに表したもので、その中にはここに我々人間の世界があると思わせるのが主になって笑いはそれに伴わないではいない副産物になっている形のも少くない。例えば同じ「今昔物語」の「稲荷詣でに美人の女に逢う話」では確かに稲荷詣でをして自分の女房を他所の女と間違えるのは滑稽であるが、それよりも当時の近衛府の舎人などという人間が参詣する有様、又そのお祭りそのものがこの話の前面に出ている感じで、このそそっかしい舎人がしたことが広まって若い殿上人が集って来ては舎人を冷かすのでそういうのがいる場所では舎人が逃げ隠ればかりしていたという結末まで来た時もそれが可笑しい以上に我々はその通りだったに違いないと思う。

ここで前に取り上げた奇異ということにもう一度戻ると「宇治拾遺物語」にも「今昔物語」にも特に奇譚と呼んで差し支えないものが幾つも入っている。そして「灯影に映って死んだ女房の話」などは奇異であるよりもその出来栄えからすれば寧ろ艶な感じがすることも既に言ったが、もっともともに奇異であるもの、例えば「宇治拾遺物語」の「鬼に瘤とらるゝ事」、つまり瘤取り爺さんの話の前身や「今昔物語」の「道に迷って酒泉郷を訪ねる話」や「京の町で百鬼夜行にあう話」は恐しいことを語っている筈でありながらどこか妖怪どもそのものがとぼけていて読んでいて少しばかり出来損いの人間がいるだけだという気がするのを免れない。これも説話というものの性格から来るものと思われて、その点は何よりも刺戟を求める今日の時代にどう考えられているのであっても我々の人生で身の毛がよだつというような経験をすることは滅多にないのであり、このことを精神異常の問題でなくて人生というもの自体に即して解釈する限りそれは絶無であると言って差し支えない。それを説話も反映しているので、前に引いた「聊斎志異」の夏の夜に冷やで酒を飲みたがるお化けもそのいい例である。

そのとぼけた感じが併し説話では人間を描いてこれを生かしているのも見逃してはならない。前に引いた「鼻を持ち上げて朝粥を食う話」でも禅智内供が最後に、

こいつめは何という乞食坊主だ。もしも愚僧などとは違った、高貴のお方の御鼻を持ち上げた時にこんなことでもしてみろ。

と言うのが落ちになっているのにも増してそういうことを言うこの坊さんが一人の人間になってそこにいるのが我々の心を動かして、これが例えば初めの方の別に滑稽な効果を狙ったのではない、

……すべて掃除が行き届いて、お灯明やお供えも絶えることがなかった。季節ごとに供養の品物も多く、お説教などもしばしば行なわれた。そこで境内にある僧房はどれも賑わっていた。風呂場には寺の僧が毎日湯を沸かして、湯浴みする坊さんたちの話し声が賑やかに聞えた。

というような文章に現実の響を与えて名文の域にまで持って行っている。その意味でこのと

ぼけるというのは迫らない態度、静かな水がその上にあるものを映す気持というものと同じで、従ってこれはとぼけていることに止らず、「今昔物語」でも「宇治拾遺物語」でも滑稽でなくてもっと広く人情とか悪行とかを扱っている場合でも人間が出て来ればそれが人間、景色や家の佇いならばそれがその通りに景色や家の佇いになっている所以でもある。「近江の国に婢となった女の話」では女は新たに下って来た国守にそれが自分の前の夫とは知らないで仕えて、それが解って夫に抱かれたまま死ぬ。それまでの女の境遇からすればその瞬間の幸、不幸を越えてこの廻り合いは女を殺すに足るものだったに違いない。その後にどうでもいいような教訓の言葉が加えてあるが、それが別に気にならないまでにこの話は一人の女の一生を語って一貫している。

併し説話、或はここで挙げた種類の日本の説話にはもう一つの著しい特徴がある。それに就て多少の廻り道にはなっても別な例をここで引くとアラビアの「千夜一夜」も言わば説話の集大成であって、これを読んでいて何か心に訴えて止まないものがあり、その正体が摑めないでいる時に或る箇所まで来て或る人物が人に好意で勧められたことを断りながら実はそれがただ体裁の為だったと書いてあったので始めて解った。我々日本人にとってこの体裁というのは殆ど空気も同様に身に付いたものになっている。それは気兼ねでもあり、自分を他人の立場に置いて見ることでもあって、そういう説明が直ぐには思い付かない位我々はこうしたことに習熟していてこれが必ずしも世界のどこにでもあるものでないことを考えない。或はそのように気兼ねすることを恥じたりさえして西洋人はざっくばらんでいいなどと言う。併しもし西洋人が本当にざっくばらんならば我々が実際にそれに堪えられるものかどうか考えて見るべきである。

自分を他人の立場に置いて見るのが一つの習性になっているというのは文明であることに他ならない。この頃は文明ということを余り聞かなくて、これは我々にとって文明が極く当り前で言う程のことはないものになっている証拠とも思えるが、それだけに観念上の錯覚も容易になって物質文明とか二十一世紀の文明とかいう風に文明が何か時代によって違ったり物質の使い方が便利になることで進んだりするものという見方も行われている。本当にそうかどうか立ち止って考えるということをしないからで、高い建物を建てるとか百貨店を作ってものを売るとかいうことをするのに手間暇は掛らないが他の人間を自分と同じ人間と認めるに至るのは人間が集団で生活することを始めて幾世紀もたってからのことであり、野蛮人は神や悪魔の他には自分にしか関心がない。この点は日本の説話を例えば北欧の神話と比べて見るならば直ぐに納得出来る筈である。

それでもう一度「今昔物語」その他のことに戻る。実はこういう日本のものに就てここで言った文明の例を挙げるのは容易であるのみならず切りがないことで、「今昔物語」ならば「今昔物語」そのものが既に文明というものであり、勿論そういうことになれば直ぐに頭に浮ぶのが説話ではなくて世界にある文学の傑作の一つである「源氏物語」であるが、この文明であるということに掛けては日本の説話も「源氏物語」と同じである。それで例えば「近江の国に婢となった話」でも「葦を刈る夫にめぐりあう話」でも再び会った時には男と女の身分が違うとか既に他に連れ合いがあるとかいうこととは別に雙方の気兼ね、思惑、相手がどういう気持でいるかという忖度が事情を実際的な条件以上に複雑なものにして近江の国で婢となった女は死に、葦を刈っていて前の妻に見付けられた男は寂しくその場から去って行く。ここで文明というのが人間を野蛮人には想像も及ばない位優しくするものであることを付け加える必要があるだろうか。

「平中が逢った女が出家する話」で平中はその女が着けていた濃い紅の袖に懸想する。事実その色をしたその袖に懸想したので、これは当時は女の顔を見ることが男になかなか出来なくて不便でなどという簡単なことですませるものではない。そういう袖を見てそうしたものを着けている女というものを想像し、それがどのような女であるかを的確に推察してその女を愛するというのが文明であって、それ故にこの時代の人間は一々女の顔を眺めて廻ったりする必要がなかった。又これはこの時代に限ったことではなくても女が身に着けるものを選ぶのはそれを人が見てどう思うかを勘定に入れてであり、従ってそれは言葉と変らなくて言葉を聞いてそれが語ることが受け取れないというのは野蛮に属する。又この時代に男が女に会った後で必ず文を寄越したのは会ってから男も女も相手がどういう気持でいるか文をやり、文を見るまでは心許なく思われたからで、平中は急用でそれを怠り、女はその為に世を果敢んで尼になる。又それを知って平中が駈け付けても女は会おうとせず、二人はただ嘆き悲むばかりである。

こういうことが何に繫るかを考えて行けば再び人生の機微の問題になる。この人生の観念そのものが二人以上の人間がいて始めて得られるもので、自分と他人の交渉から人間の観念が明確になり、その人間の世界で人間が生き死にする有様が或る見違えようがない形を取るのが感じられて人生ということを考えるに至る。それならばこの観念も文明の産物であって文明を知らないものに人生に就て言うのは無理というものである。「今昔物語」の時代には人生のことを単に世と称した。又世は恋を指す言葉でもあり、俗世間のことでもあって世は外国、或は今日の日本での人生というのが丁度それに当て嵌る。それが単に世で通っていたことは世が多くの人間が住む所であり、その一人一人が違っていながら何れも人間であることがこの時代のものに徹底していたことを示している。又それ故に世を果敢むということがあり、人生に嫌悪を覚えるというのはヨオロッパの詩人達がずっと後になってするようになったことだった。

併し話を余り面倒な所に持って行ってはならない。それでこれは前に挙げたことと結局は同じことになるが、とぼけているというのはおおらかであることでもあり、このおおらか、或は鷹揚も日本の説話で直ぐに気付く性格である。例えば「越前の守為盛が謀をめぐらす話」は確かに一種の謀、或は悪企みを扱ったものであってもこれ程間延びがしてただの遊びも同様のことを謀と呼ぶこともない感じがして、舎人達は越前の守に謀られたことになっていながら何かそれを喜び、越前の守と一緒にこの遊びに加っているように受け取れる。今日ならば差当り舎人達がこの為盛の屋敷に行って坐り込みを始めたということになるのだろうが、夏の暑い盛りに七時間も八時間も幕を張った下で門がいつかは開くだろうと待っている所は糧米がなくなったという切羽詰った状況の下に行動しているのよりも為盛の屋敷の門を多勢で見物に来ている風情である。それでしまいには御馳走も出て、その結果が惨憺たるものであるのまで舎人達は笑い合って楽んでいる。

……中門の北の廊下に、長筵を東西向かい合って三間ばかり敷かせてある。そこに中机を二三十ばかり向かい合うように立てて、その上にさまざまの御馳走がのっている。まず塩辛い干した鯛を、切り身にして盛り上げてある。塩引きの鮭のいかにも塩辛そうなのが、これまた切って盛ってある。それに鯵の塩辛、鯛の醬漬、その他いろいろどれも塩辛いものばかり。果物はよく熟した李の紫色したのが、これまた大きな春日器に十ばかりずつ盛ってある。

これを読んで行けば為盛の魂胆は解ってもやはり御馳走が並んでいる感じがするのがおおら

かであること、迫らない態度で語り、又語っていることを自分も言わばゆっくり眺めているというやり方の功徳であって、この話は滑稽の部類に属するものであるが、こうした落ち着きが美女を語れば美女を出現させ、男女の嘆きをその嗚咽とともに我々に伝える。この頃の我々が時代ということを頻りに言って時代が凡てを決し、時代毎に人間までが変るという風な考え方をし勝ちであるのは確かに錯覚も甚しいものである。併し「今昔物語」や「宇治拾遺物語」を読んでそこに人間がいて人間の世界があることを認めた上で我々はやはりそこにその時代というものがあるのを感じないではいられない。それは例えば今日の我々の時代が忙しないというのと同じ意味でなので、平安の世には文明があった。

日本語

本のことを書いていて曾て繰り返して読んだものを思い浮ぶままに取り上げた最初の二、三冊が凡て西洋の本だった。それからそういう注文が出たのだったかどうか洋書で通すことになって十何冊かは扱ったと思う。そういう注文があったのだったかというのはその次に日本の本ばかりに就て書くことになったからで書いているうちに気が付いたのがそれまでに読んだ日本の本の数が洋書と比べものにならない位少いということだった。その時にその理由に就て考えたことも書いた。併しそれでその問題を尽しはしなかった気がする。このことに就ては別に一冊の本を書くのに価すると思われる色々なこと、殊に我々日本人としては一度は触れて置かなければならない多くの事柄があってその根本は日本語というもの自体の性質にある。それが一篇の文章でどの程度に扱えるものか解らないが兎に角ここでそれを試みたい。

洋書の方を多く読んでいるというのは日本の読書人の場合は先ず普通のことになっている。併しそのことに就て話を進める前にその読むということの意味に就て説明して置く必要がある。もし言葉の数の絶対量ということからするならば我々は西洋の言葉よりも日本語の方を多く読んでいるに違いない。併しこれは新聞や雑誌の記事から薬の効能書までを含むものでそれを読むのが我々に読書人の資格を与えないことは明かである。又それと同時に所謂難しいものを読むのが本を読むことになるとは限らないので今までに一番苦労して読んだのは大学生が書く駄文だったかも知れない。これはそれに類する書物にまで当然及ぶことであって支那で書を三日読まないでいれば人相が悪くなるとされていたその書はそのようなものを勘定に入れないでのことだった。併しその書は見方によっては難しい本の意味にも取れる。ここでは士人が読む書というのが難しいというような曖昧な性質とは特に繋りがない別なものを持ったものであることを強調したい。

その昔、「聊斎志異」に就ての誰かの評を読んでいた時に正確な字句はもう覚えていないが嗚呼、我淫せる哉というような言葉が出て来たのを覚えていてその淫せる哉の所だけは間違いない。それはどうにもならないということである。支那式に言えば初めは本を読むことに興味がないのが普通でそれを無理をして読んで所謂、勉学に励むという風なことをしているうちに本を読む楽みを身に付けるという風なことになるのだろうが初めは嫌いなのでも初めから好きであっても本に書いてあることに惹かれてその同じ本、又別な本にその楽みを再び求めるのが本を読むということであり、それに価するものが本である。前からこれを言葉を通してのそれを用いた人間との対話という形で考えていて今でもこれを修正する必要を認めない。尤もそれならばこれを我々が読んで親めるものが本であると言い換えてもよくてそのことを念頭に置いて日本の読書人が読む本の中では洋書の方が日本の本よりも多いことに戻る。

日本で行われている所謂、文学全集には世界文学全集と日本文学全集の二種類があって世界文学全集に日本のものは入らない。又日本文学全集というのも主に明治以後のものを集めたものでそれ以前のものは古典ということで別な形で扱われている。これは一つには日本で古来書かれているものが如何に莫大な量に上るものかを示すものでこれに匹敵する量の詩文を有する国は他に支那しかない。又支那と比較しても何れがその点で優っているか簡単に判断は出来ない。併し同時に明治以後のものだけが日本文学で通り、そのことを怪むものもいないのは何かの事情によって文学という言葉に或る特殊な解釈が加えられてその文学に相当するのが明治以後に書かれたものであるという観念が少くとも一時は定説に似たものの形を取った為と考えられる。昔は確かに文学という言葉がそういう特殊な意味に用いられていなかった。寧ろそれは学問の総称だったのである。

何かの事情によってこういうことになったというのは明治に入って詩文もその規範が西洋に求められたことを指す。その際に西洋の原語に相当する訳語として行われたのが文学という言葉でそこまでは無難だったのが文学というのがそれならば何なのかと人々が考えるに至って混乱に陥った。そういう文学が日本語で書けるかということまで疑われたのは英語を国語にすることが本気で提案されるというようなこともあったことを思えば、或はそういう時代だったことを念頭に置いて漸く理解出来る。併しその説明はこうして付いてもその為に生じた結果が言葉の実体を無視して言葉を用いての仕事をすることだったことは動かせない。又それでその泥沼で行われ続けた苦闘を思うべきである。明治以後に書かれて日本文学と呼ばれているものの量がその凄じさをもの語っている。又ここで一般に考えられていることに反して指摘して置かなければならないのがそのように歪められた形でなされた努力の結果が我々にそれに親むという種類のことを期待させるものでないことである。

それと明治以前に書かれたものが西洋の規準に即していなくて従って文学ではないから読むに価しないという論法がかなりの年月に亙って行われたことを思い合せるならばここに我々が日本のものよりも西洋のものに親んだ理由の一つが認められるとも言える。別に詩文の構造、言葉の用法に掛けて西洋と日本で違った規準がある訳ではなくて西洋では途中から言葉を言葉と見なくなるという椿事が起らなかったのであるから既にあって受け継がれて来た言葉の伝統に即して書かれた西洋の詩文が人に語り掛けるという言葉の機能を忘れて読者、聞き手の存在を意識しなくなった明治以後の日本のものよりも我々を喜ばせたのは当然である。確かにその明治以後に日本で書かれたものは驚くべき量に上る。それは百巻を越える日本文学全集を埋めるのに足りるものであるが書かれるばかりでなくてそれを廻って賑かな議論がその度毎になされたのがただ賑かであるだけだったことを既に隠すこともない現在の認識からすればその全集の大半を占めているものは読むに価しない。

併しこの論法をこのまま進めて行けば日本の詩文の生命は幕末で終ってその後は詩でも文章でもない文学と称するものが行われて今日に至っていることになりそうである。それが事実に反していることに就て考えなければならないのは明治に入ってから何十年かに亙って続けられた泥沼での模索がその直接の結果として書かれたものの多くは取るに足りない性質のものでそうでなくてもどこか不自然な感じを免れない不具の出来栄えであってもその模索自体は無益でなかったことである。これまでの論法を翻してそれならば日本語、日本の詩文は幕末までの状態のままでよかったのかと反問してもいい。それが考えられないことだったことに就て今日までに色々な理由が挙げられて来た。併しそれが全くただ言葉の用法の問題だったことはまだ誰も言っていない。どこでも言葉というものの性質が同じであることは自明であってもその言葉を用いる人間によって言葉のどういう機能を開拓することに力を入れるかの点で言葉の用法、文章の構造が変って来る。そして言葉はどういう用法にも堪えるまでに洗練されなければならなくてまだ試みられなかった用法があればこれを取り入れる工夫をする他ない。尤も取り入れるとか取り入れないとかいうのはその言葉にそれだけの柔軟な性格があるかないかに掛っている。又言葉の柔軟というのはその生命でもある。

本居宣長が和文を書くことに専心してもその文章の構造は多分に漢文の語法を取り入れていると誰かが言っているのを昔聞いたことがある。それはわざわざ言う程のことではなくて漢籍にも明るかった宣長がその語法も自分の文章で用いないでいることは考えられず、その為にその文章で一層の複雑と精妙を期することが出来たのであってもそれで宣長が書くものが漢文になった訳ではなかった。明治になって日本で書かれるものに西洋風のものが入って来たことになっている。これは日本人も西洋風になったということであるようで西欧化という言葉を我々はよく聞かされる。併しそれならばそういうことになるまでは日本人は日本人で西洋人だったのか。キップリングがそう言ったからというのでそれを信用する必要はない。確かに日本人というものはあってそれが例えばドイツ人とどこか違っている。併しもし日本人とドイツ人が生物学での分類のように違っていて多少の行き来が出来る為にドイツ化や日本化が必要ならば人間の観念に意味がなくなる。又日本人がドイツ語を習っただけでドイツ人が書いたものが読める訳でもなくて又それが読めるからその日本人がドイツ人になるのでもない。我々が親む言葉が我々に語り掛けるというのは我々のうちにあるものに語り掛けるのでそれはその言葉を用いたものにもあったものである筈である。

併しドイツ語の言葉に接して得たことを日本語で言い直すのはドイツと日本のように歴史が違っていればその違ったままで発達して来た日本語では直ぐに出来ることではない。或は寧ろ精妙も複雑も別な方面に向って開拓されて行った状態では至難の業である場合も生じてこれを乗り越えるには日本語の機能を改めて検討して一層の開拓の余地が残されている所を開拓しなければならない。こういう時に言葉の改造を思い付くのは容易であってそれが容易であるのはそれがなし得ないことであるのを無視しているからである。どこの国の言葉にもその発達の歴史、従って伝統、言わばその宿命のようなものがあってこの宿命によることを不都合として他の宿命の下にある言葉に、或はそうした宿命がなくて従って言葉でもないものに救いを求めることは出来ない。併しもしその不都合がその点で言葉が柔軟を欠いていることからのものであるならば言葉にそれを得させる余地はあって又どういうことでも言葉になるというのが言葉が達する最終の洗練の段階であり、我々はその一例を古代のギリシャ語に見る。

所が余地を開拓するというのはそれを言うのは簡単であっても言葉の場合はこれをただ現に与えられている言葉を用いることでやる他ない。これはいつの時代にどこの国でも泥沼、或は虚無に身を置く仕事であって実際にはどこだろうと人間が何か書く毎にそうして自分が用いている言葉に残されている余地を開拓するか、或はそれに失敗しているのである。ただ明治以後の日本の場合は西洋の詩文に接してその言葉に親む毎にその点で日本語が柔軟を欠いていることにぶつかる状態だったので言葉を用いることに熟達したものが一つの言葉を探しあぐねるのに限らず一体にものを書くということがそうして言葉を探しあぐねることの連続だった。日本で書くことが一種の苦行と見做されるに至ったのは明治以後のことである。又この時代にも又それ以後も練達の士にとってこれはそういう初歩的な意味での苦行ではなくて鷗外は「ファウスト」を訳すに当って苦心しなかったことに就て書いている。

併しここでは明治、大正の文学史に就て言っているのではない。その期間から今日に至るまでの日本語の状態に就て考えているので何か書くのが苦行であるという条件の下に後には日本文学全集を埋めるに至ったものを書いて行った人達がそうして日本語を用いていて日本語がその影響を受けないでいる訳がなかった。我々は今日殊に大正の頃のものを何かの必要があって読んでその幼稚であって又幼稚であるから難解であるという印象以外に何もそこから受けない。今日の日本語に馴れていればそうなる他ないと考えられるがもしその種類のものが書かれなかったならば今日の日本語もなかったということは動かし難い。例えば世阿弥の「花伝書」を読んだ後ならば大正時代の所謂、小説その他に日本語の堕落を見る気もする。併し「花伝書」での日本語の完成を認めてその日本語で書くことを試みることは許されないのでそれが言葉の歴史というものであり、その歴史があって日本語が大正時代のものになったのならばその状態を通って日本語は再び「花伝書」の完成に向って行かなければならない。

大正時代の混乱は明治まではまだ残っていた各種の規準が失われた為に混乱を混乱と見るにもその規準がない性質のものだった。それで日本語の生命ということが再び頭に浮ぶ。又それは力でもあって言葉の力は水の力を思えばいいのでそれは水の極度の柔軟から来る。それならば日本語に受難の時代というものはなかったのだろうか。その日本語が柔軟を欠くことになった状況にあってその為に受難した人達を日本語が支えたかも知れなくて明治を境に日本語が断ち切られたという当時の性急な判断を離れて再び「古事記」以来の日本語を読んで行くならば大正の混乱、或は弛緩にも日本語がその機能を次第に取り戻している有様を窺うことが出来る。その混乱を生じたのが西洋の語法、文脈であるならば日本語の回復を何にも増して示すものが翻訳である。例えば小説というような日本にそれまでにもあった形式、従ってそれに即しての言葉の用法が既に充分に発達を遂げていたものに就ては明治時代から名訳が出ている。併しその名手の一人だった鷗外もハルトマンの美学の訳になると語法と用語に掛けての慣例との食い違いが文章の意味までどうにも取り付き難くしている。

これは前にも何度か繰り返して書いたことであるが日本語の回復を具体的に知るには数回に亙って行われたヴァレリイの訳をその時代の順に読んで見るのに越したことはない。その最初の訳が殆ど文章の体をなしていないのは訳者の無力のせいではなかった。これは同じ訳者が後に再び試みた訳と前の訳を比べることで解ってヴァレリイの文章が我々を導いて行く方面での精妙と複雑は日本語ではそれまで全く別な形で表されていた為にそこに日本語に残された余地が先ず開拓されなければならなかった。これは日本語全体の問題であってヴァレリイを訳すので日本語に改めて洗練が加えられたのであるよりも同じ種類の表現を目指して日本語を用いることが繰り返されているうちに獲得された語法がヴァレリイを訳すのもそれ程困難なことではなくならせたのである。そういう意味での日本語の近年に至っての発達には何か目を瞠らせるものがある。これは日本語がそれに堪え得た国語であるということにもなる。

柔軟であることが言葉の生命であっても国語によってはそのことに限度があって未開人の言葉という極端な例を取ることでこのことは容易に理解出来る。それは未開人の言葉だけのことでなくて支那語が文明人の言葉であることは説明するまでもないことであってもこれ程特殊な発達の仕方をした国語も珍しくて少くとも支那語の代りに漢文を置くならば漢文での論理の進め方は世界にその類を見ない。それはその語法によって無類に精妙な展開を生じるということでもあるが同時にこの語法は他のどういう論理の展開も受け付けないもののようでそこに一種の論理の象徴主義に接する思いをすることもある。漢詩は初めから象徴詩の体をなしている。それはこの語法の支那語を用いて翻訳の仕事をすることを考えられなくして曾て西洋の哲学を勉強する支那人は先ず日本語を覚えて西洋の哲学書を和訳で読むという話も聞いた。例えば三段論法というのが凡そ迂遠なものであることは我々日本人にも解る。併し三段論法の形を取り得ない語法の窮屈も想像出来る筈であって今日の支那で行われている白話体でこのことがどういう形で処理されているかを知る為には今日の支那語も学ぶのに価する。

又繰り返して言えば日本語というものに就て考えていてこれに類するものとしては古代のギリシャ語しか思い当らない。併しそれは今日の日本語も含めて、又それに即して日本語というものを対象にする場合であって一体に十九世紀がヨオロッパ系統の各国語が最も堕落した時期であるならばそれに日本で相当すると言えるのが明治からの何十年間かだった。それはヨオロッパに義理立てしてでなくていや応なしにヨオロッパの影響を受けてのことだったが原因が何にあったのでも泥塗れになって提供される言葉に親めるものではない。そこには常に鷗外がいた。併しそれは凡ての先駆者がそうである通りに鷗外も伝統を見失わずにいることでよく新しい事態に処し得た先駆者だったことでそのことはそれだけでその時の大勢が他所にあることを意味する。そして明治の後半はヨオロッパの世紀末に相当し、大勢が既に言葉の力の回復に向っていたのみならず十九世紀の堕落はそれまでの伝統が断ち切られたと妄想するようなことと関係がなかった。寧ろそれまでの伝統に満足して既に世界を所有していると妄想することから十九世紀のヨオロッパの堕落が生じたと言える。

ここで明治以後の日本の読書人に就て或る区別を設けることが必要になる。明治の初期の読書人が読むものにこと欠く訳がなかった。そしてこの伝統は明治年代に生れて昭和の初期に死んだ芥川龍之介の頃まで続いたと見られる。併し芥川もその限りでは例外に属していたので芥川が菅虎雄のドイツ語の教室で漢籍を盗み読みしていた時にそれを見咎めて芥川の本を取り上げた菅には既にその本の文章が読めなかった。そこでも文学の観念が災しているのが認められる。これは明治以前のものは文学でないということであるが日本人が漢籍、古典に親む機会を失った時に日本の読書人に与えられた日本の本が日本文学全集の内容をなすものだった。我々がどのようにして本というものを読み始めるかがここでは考える必要があることになって本はそこにあるから読むのであり、自分の廻りや本屋にあるもの、又新聞や雑誌で取り上げられるのが日本文学全集に入るようなものであればそれを先ず読むことになる。又そのうちに西洋の本というものがあることを知る。この場合にこの二つを比較することにならざるを得ない。

或はこの場合もその西洋の本が日本文学全集の内容に対してであるよりも日本語が今日の日本語になる上で及ぼした影響を考えるべきでそれは懐しさの念を込めてであってもいい。何故ならばそういう西洋の本の中で我々が親むことになったようなものが日本文学全集には先ず見当らなかったからでその西洋の本で培われた感覚で日本文学全集を読めば、或は再び読めば毒気を抜かれることにもなった。その頃は「花伝書」も「新古今」も聞かれない名だった。又金子元臣校訂の「源氏物語」もまだ出ていなかったように覚えている。併しここで繰り返して言いたいのがそういう西洋の本の懐しさということで当時は懐しさでなくて新鮮とか思想とかいうことを聞かされたものだった。何か文学の他に思想というものも日本に入って来たようであって日本人はそうするとそれまでものを考えなかったことになる。併し詩文を文学と言い換えるならば思想は要するに人間が考えるということをすることの別名であって人間が考えることにそう幾通りもあるものではない。我々が西洋の本に打たれたのはそこに言葉があったこと、それは考えるというのが言葉を用いてすることであることを知っている人間が考えるのに用いた言葉にそういう本で接することが出来た為で中には言葉に動かされる余りにその言葉が指していると思われることが自分を動かしたものの本体である気になったものもいたかも知れない。その頃誰かがトルストイ主義者であるということを聞かされてその意味が遂に解らなかった。

そしてこの懐しさが西洋に特有のものでないことは断るまでもない。併し我々が知った日本語で書いたものの大部分にそれが欠けていた。その理由は既に書いたことで明かである筈であるが文学の他に思想の観念があってその何れもどういうことを指すものか解らないのは言葉を用いて人に語り掛けるのに適した状態ではない。併し西洋でもフランス、英国ならば書くことが人に語り掛けることであるという言葉の本質に即した伝統が生じて常識になってから少くとも七百年近くたっていてその途中でそれとは無縁のことに言葉を向わせようとする動きが起きることもなかった。それならば日本で言葉に餓えているものが西洋の本に親むのは当然であるが西洋の言葉の上での魅力がそこにあったことは強調してよさそうである。そしてイエイツやウェイレイが日本の古典に感じたのもこの懐しさだった。それを繊細とか観察の精妙とかどうにでも言い換えることが出来る。併し懐しさの念はもともとが繊細で精妙なものである。

鷗外以後に最初に今日の日本語に接する思いをしたのが松村みね子によるシングの戯曲の訳だったことを今でも覚えている。それがいつ頃出たものか解らないがこれを読んだ時に一人の日本の読書人にとってその世界に変化が起ったということは言える。これは鷗外でなくても今日の日本語を使ってそれが日本語であることを意識させない文章を書くものがいること、その使い方でそれが出来ることが特定の人間に限られたことでなくなっていることを知ったことでその松村みね子の訳はシングの原文を読む必要がないと思われる出来のものだった。これはもっと簡単に言えばそれが読めるものだったということである。併しそれだけでは今日の日本でもまだ言葉が足りないことになるかという気もする。この読めるというのは文章の体をなしていることで文章を読むことに馴れたものにとってこれが本を読む場合の前提をなすものであり、これがなくて一冊の本を本とは見做せない。例えばそういうのは参考書の類であってそれは読むのでなくて引くものである。

併し長い間このことがどういうことになっていたのか、恐らくはその文学の観念というものと縁がないことと考えられていたので日本のこの文学というものに認められる一つの特徴は文学が何であるかは議論が百出することでありながら文学でないことに就ては多くのものの意見が一致していることである。それで読めるか読めないか、文章であるかないか、又序でに詩の形を取っているものならばそれが詩であるかないかは本を扱う時に問われずにいたのでその代りにどういうことが取り上げられることになるかはここでは無視して構わないが一般のそうした風習にも拘らず日本語で文章、又詩を書くものがいることにその松村みね子訳のシングを読んだ頃から気が付き始めた。これが個人的な経験でなくて今日の、或は明治以後の日本語が辿った発達の径路の上で年代から言って間違っていないと考えたい。それは大正の末期から昭和の初期に掛けてのことである。もし日本文学という言葉を明治以後に限定されたものと仮にするならば一般の現象としての日本文学は丁度その十年ばかりの間に始ったと言ってよさそうに思える。

尤もそういうことは文学史家に任せて置けばすむ。それよりも大切なのは我々が知っているような日本語がこれを用いて詩文の仕事をなすに足りるものになったということで再びここで繰り返したいのが日本語で書いたものが読めることになったということである。或は日本文学全集のことをもう一度持ち出すならばその全集の内容をなすものの著しい特徴がそれが読めたものでないことにあると認められる。それが今は違う。何か戦争中の経験を話すのに似ているが「作品」というような雑誌があってそれに載ったものからどうかすると言葉の感じを受け取り、フランスの新刊書が銀座の紀伊国屋に並んでいてこれに対して読めそうな日本の本では短篇小説を無理に一冊の本に仕立てた限定版が目を惹くと言った状態は現在思い出して見ると妙なものである。又序でに言うならばそれは凡そ正常と呼べるものではない。これは日本の歴史の上でも明治以前にはなかったことである。

日本が特殊な国であるということはかなり最近まで誰もが散々聞かされたことであってこれは今日でもそう思っているものが多いのではないかという気がすることがある。これは日本が神国だというのでもない。所謂、日本的な特殊事情があるというのでこれに従って日本にどう考えても普通でないことがあってもそれは日本だからそうなのだということですんでいた。確かに明治維新とそれに伴う改革を遂行したのは余程優れた民族でなければ出来ることではない。併し優れているというのはそれが如何に優れているのでも異常なことではなくて明治維新自体が日本が特殊事情の国だったりする為にあったのではなかった。凡ての革命は常態に復することを目指して行われる。併し維新から百年とたっていない時期には日本的な特殊事情というようなことも言いたくなったかも知れなくてこういう場合にどの事情が特殊かという限定はなされないから妙なこと、或は都合が悪いことが凡て日本的な特殊事情になった。それで日本語で書いたものの大部分が読めないものであることもその事情の中に入れられた。

西洋のものと比べて日本のものが読み難いのは当り前だという風にこの特殊事情の心理は働く。併しそれは少しも当り前ではない。日本の詩文の伝統に触れなくても読めないものはどこの国でも書かない方がいいので読んでも解らないからそれを書いたものの意図を批評家が酌んで将来に期待するというようなことは常識で出来ることではない。併し今日ではそのことが明かになったことが大切である。尤も現在でも日本人が書いたものが外国に紹介されれば少くとも新聞記事の種にはなる。併しその辺からも特殊事情は崩れて行く筈であって我々にとってそれよりも大きな意味を持つのは本を読むのに外国のものに頼る必要がなくなったことである。それで日本も漸く外国並、西洋並になったと考えるのが特殊事情の後遺症であって日本が西洋並であるのは当り前な話であり、それが当り前で正常なことであるからそうして日本は西洋並でなければならないのである。

自分の国の言葉が自由に使えるというのはその国に属する人間にとって生きて行くのに最低に必要な条件の一つをなしている。これは自由に自分の国の人間であることでもあって日本的な特殊事情が権威を失った今日になって我々は漸く再び自分の国で自由に暮せるようになったと言える。それは風通しがいいことであって西洋を向いても日本の方に向き直っても何かに突き当るということがなくなれば西洋の本も昔通りに読めるのみならず日本の本も西洋の本も同じ本であることで扱えるならば親みは前にも増すことになる。又その親みを覚える為に日本の本も読む。そのことで民族性とかのお座なりを持ち出す必要はなくてここではそうした幼稚なことを言っているのではない。後鳥羽院の方がマラルメよりも我々に民族的に近いというような妄想に耽ることでどれだけ院の詩に親めるのか。マラルメが歌う所にフランスがあり、院の言葉がある所に日本がある。又それにも増してその何れにも詩がある。ここで国際的という言葉を用いるのも愚劣であって詩が国際的な代物であるかどうか考えて見るといい。

併し日本のものを読めばそこに日本があるというのも最近まで必ずしも言えなかったことであるのはこの辺で最終的に、それが昔のことであるということで忘れる前に振り返って見るのに価することかも知れない。ここで日本があるというのは自分の暮し、思い出、一生、或は半生があることでその意味で日本文学全集に日本があると言うのは難しい。併し今ならば例えば庄野潤三氏の小説を読んでいて西洋のものと比較することも作者の意図を酌むこともしないでただ自分の暮しを延長した先で庄野氏の小説の世界に入って行ける。ティボオデが曾て liseur de romans と言ったのはそういう小説の読み手を指したのである。一と頃はその例の文学というものであることになっていた私小説のどこに人間の世界があるのか。併しこれでは日本文学全集の内容に又戻ることになる。やはり悪夢というのはその苦しさから逃れ得たことで後になって又思い出して見たくなるものなのだろうか。

日本文学全集というのが明治以後の日本で書かれたものに限られているのは今ならば偏屈も甚しいものだと言える。我々が西洋に対してと同様に我が国の古典に対しても地続きの場所にいるからであるが更にそのことに就て正確な意味での日本文学全集というものがあり得ないことも一考に価することである。どこの国でも文明の域に達してから或る程度以上に長く続けばそうなる。併し日本は既にその限界を越えていてこの点でも日本と同じと見られる国は支那しかない。このことを更に具体的に言うならば日本ではそこで書かれて読んで親めるものが三百冊や四百冊の蒐集に入り切れなくなっているので更に又今日の日本語を用いて西洋で言うことも凡て言えるということはそうすることで始めて西洋の本の世界も我々が自由に出入して楽めるものになったことを意味している。その我々の精神的な暮しを支えているのが柔軟、従って精緻であることに掛けて今日の世界に類を見ず、語彙の豊富では支那語も凌駕する日本語である。これは事実であるからその通りに書く。

素朴に就て

これは何十年も前のことになる。その頃よく目に付いた言葉に素朴実在論的というのがあってその当時この言葉から他の言葉と違った或る明確な印象を受けたことが今でも記憶に残っている。一口に言えばそれはその期間に目指した一切のことの反対だったことで越えてはならない一つの境、或は寧ろその向うにある凡てのことを総括するものであることから却って絶えず頭にあり、それが意味するものを避けるように努めることがこの言葉の少くとも響に習熟するという結果を生じた。この言葉が当て嵌ると思われるものを避けることに力を入れていたのであるからそれ以上に素朴実在論的であるもの自体に就て考えた訳ではない。凡てありのままにそこにあるものが素朴実在論的だった。従ってそれを避けるという所から話を始めなければならない。その理由はその頃は殆ど自明だったが今になってその点を取り上げることになるとそれがかなり手間が掛るものであるのを感じる。

別に殊更にひねくれる積りではなかったということが話を進める緒になりそうである。寧ろありのままにあるものと付き合ってそういうものに即した見方をすることが出来たならば文句はなかった。それを避けたのであるよりもここまで来て思えばそのような見方をすることが考えられなくて境の向うは鮮かな形をして謎を掛けるものに任された禁断の場所だった。それは分析するということの味を知ったことから来ていたと言える。これもひねくれていることと混同してはならない。それならば分析することの味を全く素朴に知ったのでこの場合に限らずどのようなことをするのにもひねくれるのは役に立たなくてそれだけ余計なことになる。併し当時はその意味での素朴ということよりも分析して得られる結果のことが頭にあった。例えば霊感を排したポオからデルフォイの巫女になるのは恥じるべきことだと言ったヴァレリイまでそのことは一貫している。ポオの詩を読むとこの詩人が残した実際の業績は詩の技術を批評してこれを分析して見せることに止ったとしか思えない。併しそうした技術の分析で得られたのがヴァレリイ詩集の巻頭にある「紡ぐ女」のような詩でこれには「若いパルク」や「海辺の墓地」の後でもやはり驚くに価する響がある。

併し分析に堪えるのが詩と詩の技術だけでないことがその頃は何か我々が呼吸する空気にも漂っている感じがした。ここで素朴実在論的という言葉を用いるならばその形では凡てが既になし遂げられたので後はただ分析することで仕事を進める他ないという説明が行われていてそうする以外の方法が我々には考えられなかった。例えばそれまでの形での詩の仕事に付け足すべきものは何もなくてもまだその仕事の性質に立ち入ることが詩になる、それで詩が書けるというのもこの一つの動きを示すものである。或は林檎を赤いと見ることに即してなすべきことは終っていてもその林檎の影にまで意識の領域を拡げることで別な効果が収められるということがあった。寧ろ当時の我々にとって林檎を赤いと見るのはそこにあるものをあるとするだけのことでそれならば林檎とその林檎が載っている皿の区別も付かず、その影に意識が及ぶことで始めてそれがその林檎という何かになった。凡てのことは言われたのであっても誰もそれに注意しないから繰り返して言わなければならないというその頃よく引き合いに出されたジイドの言葉もそのことを指している。ジイドは前と同じことを繰り返しているのでなくてそれにその影を付けて言うことを考えているのである。

それは世界を初めから見直すことでもある。その世界が地球である時にその影は夜であって我々は夜を昼間よりも陰翳に富むものとして愛した。それは陰翳というのが分析に際限なく堪えるものだからで白昼の光はそれに乏しくても夜はこと毎に人間に眼で確めることを許す。それは世界を歪めて見ることでなくて当時の我々の考えからすればそれまでよりも精緻に、又それ以上に我々にとって紛れもなくそこにあるものとして見ることで従って又事実それは世界を歪めるものでなかった。その見方は細部に気を取られて全体が輪郭を失う種類のものでなくて細部の性質が明かになることで全体が生きた。それが陰翳というものなのであって細部が独立すれば陰翳は消える他ない。丁度それは黄昏の光に景色を眺めるのに似ていて家の軒の影まで鮮明に浮び上っているからそこにその景色があり、従ってその景色がある世界があってその外にまで我々を誘う。

そうして見ることが我々に魅力ということの意味を教えた。その魅力は分析するものでなくて分析するということをして行くうちに細部が或るものの一部であることが軒端の影が濃くなるように鮮明に見えて来ることに我々は魅力を感じた。それを求めて我々は分析していたのかも知れない。併しそれがなくても我々は分析するのを止めなかったに違いなくてどのようなものにもその裏よりも奥があることが一度頭に浮んだのが考え方によっては我々にとって致命的だったことになる。その奥まで行き着けないものはただ素朴実在論的にそこにあるものでその堅固な外観が我々の視線を撥ね返し、それ故にそれは我々の場合はそこになかった。何故そういうことになったのかは解らない。やはり我々も前に誰かが言ったことを繰り返す状態にあったのだろうか。それならばそれまでに凡ては言われていたことになる。そのことを裏打ちするように我々は倦怠という言葉をよく使った。

又我々は倦怠が何であるかを知っていた。その記憶は今も残っていて一層これは凡てが言われたのだったことになるが必ずしもそれがその時代になってのことでないならば我々は寧ろ凡てが大分前に言われていたのであることに気付いたのだった。或る程度の時間が過ぎればこれはどこの文明の民族も経験することである。又それは何度でも起ることで我々が当時読んで受けた印象からすれば「新古今」の時代にも日本の文明はその状態にあり、ただその例を我々はヨオロッパに求めてこれを近代と呼んだ。凡てが言われたことに気付くというのはその言われたことのうちに閉じ込められることであってそれを又言うにもこれにその影を与えて人の視野のうちに置く工夫をしなければならない。又それに成功すれば影とともにその実体を取り戻させてその効果は新鮮であるがそれには影を生じるまでに実体を見詰める他なくてこと毎にそれをする必要があることは工夫に倦む結果にもなる。そうすると再び前に言われたことが厚い壁を作る。そのように見詰めるのが分析であり、そこに分析と倦怠と近代が一つのものをなす所以がある。

更にそれは分析することで認められるものでないことから我々の注意を逸らせた。或は注意したくても我々にその道がなかったので分析して細部が明確になることによって全体の輪郭が浮び上るのを待たずに細部が集ってなしているその全体をいきなり一つのものと見る他にこれと交渉する方法がないものもあり、それが例えば人間、或は生命というもの、或は同じことながらその観念である。それが人間ならば我々には人間がその精神、心理その他それをなしているものに思われて生命は全く緊密に一つのものであることで視野の外に置かれた。寧ろ死の方がそれまでの一切の終焉を意味することで我々に親める観念だったのでそれによって消え去るものが際限なくあるのを思い浮べて行くのが分析の操作に近かったのである。そしてそれでいて我々が人間であって生きていることに変りはなくてそこに当時の無理があった。又それによって我々の倦怠が一層手に負えないものになったということもあるに違いない。

それが我々に小説というものを忌避させる結果にもなった。そこに出て来るのは人間であってそれがそれぞれ一箇の人間として動くのでなければ小説にならない。又それ故に心理小説というようなものが取り上げられたのかも知れなくて一箇の人間であってもその心理に立ち入ればかなり細部に属することまで扱える。或はプルウストというものがある。それを読んでいて人間が殆どその形を失うまで容赦なく細分されて行くのが我々にとって魅力でもあり、そして又その余りにも荒涼たる景色が我々に人間に立ち返ることを思わせもしたのだったが如何に細かく刻まれてもプルウストの人間が結局は人間であることを止めないことがその人間のみならず我々も作者の詮索に堪えさせているのであることに我々は気付かないでいた。我々は小説よりも詩と批評に親んだ。それはその何れもが分析することで一つのものの輪郭を彫り上げて行く形式を取った言葉だからである。或はそれは音楽でもよかったので音楽こそ分析がそのまま歌になっている。

例えば人生というのも我々には摑まえどころがない観念だった。これは小説に出て来る人間以上に我々自身が一箇の人間になって死に向って生きて行くということをしなければ意味を持たないものだからで我々は事実それを無意味な言葉に思っていた。それが時間とか仕事とか偶然とか幾らでもそれをなしているものに分けて行けることが余りにも明かでそれが一つの人生をなす時に紛れもなく人生というものであることが我々の理解を越えていた。その頃の我々には生活の方が遥かに親める観念でそれは生活が幾つもの瞬間で出来上っていると見ることが許されるからである。我々も瞬間的には生きていた。例えばそれは言葉の精妙な組み合せがそのままその精妙な効果になっていることを知る時でニイチェがロランの絵に差しているのが黄昏の光だと言ったということを読んでロランの絵が光を増した。或は曇った日に電信柱に自転車が立て掛けてある時にそれがただ電信柱と自転車であること以外の何ものでもないのを見て我々は生きた。

今から思うと我々にこれからどうなるという考えが全くなかったことに気が付く。これを現在に生きたという風に言えば聞えがいい。併し我々の現在は別に充実したものだったのでなくてただ幾つかの瞬間が充実し、そういう瞬間が過去にも求められることを我々は知っていてそれを得た。これは時間の観念、或は時間が流れるものであるという観念から随分遠い。我々にとって時間の流れは或る瞬間をその瞬間と認めることで生じ、その瞬間が時間に漂うものであることはこれも我々の念頭になかった。それにはどの瞬間にも執し過ぎていたのである。確かに未来とか過去とか言っても時間は現在の連続としてしか流れなくてプルウストに教えられなくても人間は正確に思い出すことでその思い出した時にいる。併し我々にはその連続の観念がなかった。それを求めることもなくて分析の魅力は時間の流れを見渡すというようなことと反対の性質のものである。

従ってこれから先ということも我々には無意味だった。又これは一つには我々が我々自身を置いていた状態が我々にそれが長続きすると考えることを許さなかったからでもあって倦怠が続くと思うだけで我々に気違い染みた衝動を起させるに足りた。この倦怠というのは今はないものである。又それは近代、或は史上で何度目かの近代が去ったことでもある。併し倦怠でなくても我々が生きた瞬間が長続きするということはあり得なかった。そのように分析を重ねて達した認識はそれに達した瞬間がその持続であってそれ以外の意味で認識の行為が持続するということはない。それ故に何かに形を与えること、その形でそれを残すことに我々は執着した。或る瞬間を認めることは出来ても我々はそれよりもう少し手ごたえがある具合に自分というものが確めたくて時間が我々の意識のうちを流れていなかったから視覚的に我々の前にあるものに頼る他なかった。それだから我々は仕事ということもよく言った。

これを刹那主義という風に考えてはならない。この言葉そのものがどういうことを指すのか余り明瞭でないが刹那から刹那へと生きるのを或る瞬間に一切を見出すという意味に取るならば我々にとって瞬間は何かを見出す為の時間の上での条件であって正確にはその条件の方は問題でなかった。又或る一瞬間というのは寧ろ比喩であってその長短は意識の働き方に掛り、それが倦怠であればその性質からしてこれは無限に続くものに思える。何よりも刹那主義、或は或る時に或る満足した状態に達することを我々に許さなかったのがこの意識だったので分析の魅力は意識が持続することの結果であり、これが絶たれなければ満足は得られない。それで倦怠の意味が更に分明になる筈である。もし自分が生きているのを感じるのにそうした意識の持続、場合によってはその極度の緊張が必要であるならば生きるということが多分に人為的な性格を帯びて厳密にはそれが生きることの部類に入るかどうかも疑しい。確かに意識が働くのは脳を血液が廻ることによってであって医学的にはその人間が生きていることになる。又そうして自分が今ここにいると認めるのはもっと忘我の境地にあって自分の命を感じるのと別に変りはない。併し本来ならば人間は先ず生きていてその上で意識が働くので意識に掻き立てられて始めて生きているのを感じることはない筈である。それでもその条件の下にある時には意識の持続は何度でも中断されてそれが意識不明ということにならずにただ意識だけが無気力にそこにあるのが、又それなりに働いていることで招来されるのが倦怠である。これを覚め切った状態と言ったりするよりも地獄と呼んだ方が事実に近い。

それ故に我々にとってこれから先どうなるとかどうして行くとかいうことはなかった。そこに意識はどうにでも働いて一日の終りを凡ての一日の終りと見ることも出来る。併しもう一つ我々に後のことを、それは翌日のことでもを考えさせなかった事情があってそれは我々自身に我々が置かれているような状態が続くもの、又続けられるものと思えなかったことである。凡ては既に言われていた。そのことに我々は絶えず戻って来る他なくて従って何か言う為には既に言われたことに就て工夫を凝さなければならず、ここで注意していいのは言うというのが一つの行為であって凡てが言われたというのが一つの例に過ぎなかったことである。実際には凡てがなされていたのだった。今ならばそれでいいではないかという考えが当然頭に浮ぶ筈である。我々が人間である限り人間が前にしていたことを我々もすることになるのを免れなくてそれを新たにすることで新しさの意味を我々自身に即して知ることにもなる。それが生きるということでなければならない。併しそこに近代の問題があるので人間の歴史の上での時間の持続が或る所まで来れば一人の人間が長い充実した一生を振り返るのに似たことが起って記憶に過去が堆積し、そのどの部分も人間ならば身に覚えがあることで鮮明であるから現在の形を取って現在をそこまで延長する為に凡てがなされたという印象もそれとともに鮮明であって繰り返しを忌むのにも増して繰り返しが利かないことの数々が意識を圧する。ましてそれが一人の人間の一生ならばそこに安息があっても近代の人間は人間の過去を前にして自分に出来ることを探さなければならないのである。

倦怠の他に焦燥ということを我々がよく言ったのを今になって思い出した。もし凡てがなされたという印象が動かせなくてそれでも何かしなければ時間がたたないならばその時間は倦怠にも焦燥にもなる。それだから我々にはそのような状態、又それを我々に強いる時代が長続きすることが考えられなかったのであるがそれがそれならばどういう具合に終るのか見当が付かなかった。当時の我々はそれ故に正確に危機という言葉が使えた。ここで素朴実在論的ということをもう一度持ち出してもいい。どういうものでもそれがあるがままにそこにあるのが自然な状態である時にそれがその状態では意識に受け付けられなくて又それをそうして受け付ける力を意識が失っていれば意識が介入する余地が僅かに残されているのは自然な状態にあるものが際どい所で他のものに変るのを食い止めているその微かな輪郭のようなものの周辺であってそれだけでも意識は危機にさらされる。その対象が次の瞬間には別なもののうちに消えるかも知れない事情では意識もそれとともに消え兼ねない。又その危険を冒さなければ意識は息づかなかった。

近代というこの一つの時代に就てはもう書かない積りでいて結局書くことになった。日本のように文明の歴史が長くて近代の状態を何度か知った国にヨオロッパがその状態にあった時に又近代が来たのに就ては併しヨオロッパの影響が全くなかったとは言えない。ただそれが一般に説かれているのとは違った意味でなのでヨオロッパに我々が近代を教えられたのでなしに我々の方でその何度目かの近代を準備していた。我々がヨオロッパに学ぶことを目指したのは近代とは何の縁もない性格の素朴に有効なヨオロッパの各種の手段だった。ヨオロッパの科学のどこに近代的な所があるのか。併しそれだけに科学のみならずこれに類する素朴に有効なヨオロッパの制度、組織は殊に未知のものに対する野心と好奇心で続けられた我々の方の努力があって比較的に簡単に自分のものにすることが出来た。それがヨオロッパそのものを学んだことにならなかったことは確かであって今日でも我々がヨオロッパを知っているとは言えない。

併し我々が目指したものは身に付けることが出来てこの仕事は短時日になし遂げられた。それが人間の歴史に類を見ないことだったのはここで取り上げる必要がない。併しその性質からこの仕事が終ったことは凡てが既になされたと見る状態に我々を再び置くのに価した。その前にこの状態を我々は江戸時代のどの辺で知ったのだったただろうか。

併し我々の前に現れたヨオロッパも近代の状態にあった。今から思えば我々がヨオロッパの近代の詩文、美術、音楽を知って随喜したのはそのようなものが人間の世界にあることを教えられてであるよりは我々が歴史的に馴らされて来た境地がそこに異国のものである為に新鮮な形を取って表されているのを認めてのことだった。それは近代の発見でなくて異国にも近代があったことの発見だった。一体に近代のようなものを発見するということがあるだろうか。我々は近代を発見するのでなくてその状態に追い込まれるのである。それが我々がヨオロッパを知るに至らなくてもヨオロッパの近代に即座に親近出来たことを説明する。我々は例えば象徴主義が何であるかを教えられる必要はなかった。世界に象徴主義の劇形式と呼ぶに価するものは一種類しかなくてそれが日本の能楽であることは前にもどこかで書いた。併し能楽が我々にとって親しいものであるならばそれと同じ力でクロオデルもイエイツも我々に呼び掛ける。ヴァレリイ、ヴェルレエヌの詩を我々が新奇なものを求めて迎え入れたとするのは皮相な見方であって我々の方に後鳥羽院、新古今、又源氏があればヴァレリイの詩も我々の耳に懐しく響かざるを得ない。曾て我々が聞かされた自然主義というのが一体何を指すものなのか今日でもまだ解らない。併し象徴主義は我々がその一派に属する詩文に我々自身の心を見出したのである。

我々が今日の日本語を用いてそれ以前の時代に匹敵するものを最初に書くに至ったのがこの近代の状況にあってであることの理由もそこにある。それ故に日本文学全集というのが明治以後のものに限られていて又それが如何に大量のものであっても明治以後の日本文学史は近代文学史であってそこで取り上げられる筈のものはその所謂、日本文学全集に収められているものの何分の一にもならない。我々は現在まで他所見をしていたようである。それに就ては一般に近代というものの性質を考える必要があってこの状態は一つの時代を蔽うと言ったことが起るのと少し事情が違っている。ヴァレリイはヨオロッパの近代の状態をトラヤヌス皇帝治下のロオマ、及びギリシャ後期の文明の中心になって栄えたアレクサンドリアにも認めているがその時代の人達がその時代を近代と考えたのでないのはもちろんのことであるとともにヨオロッパの近代に生きたものも必ずしもその時代を近代と見てその状態にあった訳ではなかった。

一体に一つの時代というものを取り上げる場合その時代の人間が凡てその時代の人間と呼べる一つの型に属しているとは限らなくて前の時代のもの、又時代というものと特別に交渉がなくて生きているものもいる筈である。併し近代ではこの事情が一層著しくなければならなくて凡ては既に言われたということは先ずそのことに気付くことが前提になっている。又それに気付かずにいるのが格別に不都合なことでもなくて人間が普通にすることをして行くのに少しも支障を来さない。ただ気付けばその時に近代が始ってこの袋小路に追い込まれたものが工夫を重ねた結果はその色、又響を獲得しないではいないからそれがその時代のものになるということはあって従ってこれは寧ろ後になって一般に認められるに至る。我々がフランスの近代文学というものを考えるならばヴァレリイ、プルウスト、ジイド、マラルメと幾らでも名前を思い浮べるが当時はその他にアナトオル・フランスもジュウル・ロマンもロマン・ロオランもいて読者の数はその方が遥かに多かったことを忘れてはならない。印象派の絵、或はフランクの音楽が最初はどのように遇せられたかということも我々に近代というものの性格に就て教える。このことを芸術家はいつの時代にも不遇でという種類の世迷い言と混同してはならない。

これはヨオロッパに近代があった時に日本にもあったということで更にそれはヨオロッパの近代が日本にあったのでなくてその両方が近代の状態にあったのである。我々はヨオロッパというものでなくてヨオロッパにも近代があることを知ったのだった。佐伯祐三はパリでヴラマンクに師事したことに就て佐伯の絵の或る部分をヴラマンクが指して ici と言えばそこがいいのか悪いかはそれだけで解るから勉強になったと語っている。そこに二人の近代画の名手がいて近代の認識はこの二人に共通だった。その近代が日本にもあったことが日本文学全集を説明する。富永太郎、或は梶井基次郎が極く最近まで無名の人間だったことはマラルメがその一生を無名の学校の教師で過したことに照応する。併しこれは例えばマラルメがその生前に影響力を持たなかったというようなことと甚だ話が違って近代はその周囲に近代を作り、近代の人間は近代の人間に働き掛けずにはいない。

それで我々も倦怠と焦燥を知っていつまでそのような時代が続くものか見当も付かなかった。それはこの頃流行する暗い時代というのとも違って意識の冒険には異様な光が差すこともある。併しそれは息詰る経験でもあってそうした光が差していない時に我々は闇の中にいたのでなくて倦怠は色で言えば灰色をしている。それでもう一つ頽廃という言葉を思い出した。これはラフォルグが最初に近代に就て用いたもので正常とは逆とも言える生き方しか許されない時にこれを頽廃と呼ぶのは間違っていない。我々は近代に生きていたから頽廃が正常だったので素朴実在論的に認識することが我々にとって認識にならなかったから倦怠を冒してもこれを揺すぶる瞬間的にでも確実なものを求めた。それは絶えず危きに遊ぶことだったから頽廃であって構わなくてそれを通して我々が見たものが自分の眼で見たものであることに変りはなかった。我々の眼は血走っていたのでなくてただ視力の集中が何を見ているのか解らなくした。

こういう状態が無理を強いるものであることはその時に既に自明だった。併しもっと根本的な無理には気付いていなかったようでそれはこうした見方が他のどういう見方をすることも我々に許さなかったことである。それで人間を見れば分析の仕事が始って人間は見られなくなった。併しそれでも人間はいるのだという見方をすることは見ることが分析することである時に意味をなさなくてそれは人間から眼を背けることの逆であっても人間の世界にいて人間が見えないというのはやはり真実に背くことである。その人間ということに近代の崩壊の鍵があった。一口に言えば近代というのはその条件からして凡てのものがそこにあるのみならずその存在を保証されていることを必要とするもので我々が人間の観念を失い掛けていた時に人間を脅かすものは何もなかった。そこにあって生きていることを疑うことはなかったから人間は既定の事実でこの場合に既定の事実と素朴実在論的を同義語と見ることが許される。或は少くともそれは同じ種類の働きをした。もし人間というのが普通にその一生を送った後に他の人間に取って代られるものであるならばそれは自然現象と大して変らないもので事実又それは自然現象であり、それ故に分析するに堪える。そのようにしか人間は我々の眼に映らなくて人間もいつ消えてなくなるか解らないものであること、それをいや応なしに知らされることになる事態もあることは我々に想像も及ばなかった。

それを思う時にヴァレリイが第一次世界大戦の後で言った我々の文明も亡びるものであることが解ったという言葉が冴えて響く。その大戦は我々が子供の頃に起ったことで事実ヨオロッパと日本の近代が終ったのはこの大戦でなくて今度の大戦によってである。併し近代の性質をその前の大戦でヴァレリイが知ったことは改めて注意していいことでヴァレリイという近代の人間はその点で近代の人間の中で群を抜いている。これは近代に生きた近代の人間であってそれだけに止らなかった。或は近代の人間も人間であるのを放棄する必要が少しもないことを初めから知っていた。それで我々が何故それを知らなかったかということが改めて疑問になる。併しそのことでも戦争の経験というものが重要になるのでヴァレリイにとって第一次世界大戦は子供の頃に起ったことでも海の向うの出来事でもなくてドイツ軍がパリに接近した時にその砲声はパリで聞えた筈である。ヴァレリイは自分が召集されるのを待ってこの大戦を過した。

我々がヴァレリイの名を知った時にまだプレイアド版のその選集はなかった。併しもし今の形のままでそれが出ていたとしてもこれにヴァレリイの娘が付けた詳細な年譜に打たれるということはなかったに違いない。そこでは凡てが素朴なのである。又今になって考えるならばこれはそうあるべきことなので精神の操作が微妙なものであればある程それが素朴にそうである他ないならばその操作が行われていない時に人間はただ素朴にその人間である筈である。ユイスマンスの Des Esseintes のようなのが近代の人間なのではない。併しこの素朴の点に就ては伝統というものに就ても考えなければならないと思われて実際の歴史の長短はここでは問題にならないとすれば日本のと違ってフランスの歴史は十九世紀末に形の上でも一応は中断されるということなしに十世紀、或は見方によってはそれ以前から続いている。もし我々も近代にあって記紀万葉の時代まで自分の国の歴史を振り返るだけのことで見渡すことが出来たならば人間は分析し尽せない豊かな形を取って我々の前に現れたに違いない。そこに豊かであることの意味があって分析に掛る前に分析する仕事の量で先ず我々に訴えて来る複雑に整然たるものも人間の世界にはある。そしてそれがあれば我々はそれをその一つのものと見ることから始める他なくて又常にそこに戻って来る。併し我々は明治維新の仕事が終った所から近代に入ってそれ以前のことに素朴に眼を向けるにはそれを遮る夾雑物が多過ぎた。我々が使っていた日本語そのものがまだその形式でのその段階では未完成の状態にあった。我々は言葉にも不自由していたのである。

近代というのが過去を現在にする状態である時に我々の過去はないも同然に限られたものだった。それは我々の時代が自分の国に就ては近代だけのものだったのと大して変りはなくて近代を成立させた過去が近代を支えていなければその代償はその状態にあるものが払うことになる。我々が近代にあってした近代の仕事がその為に価値を失ったのではない。併し「海辺の墓地」の神々が憩う海を眺めていれば長い思考の苦労を忘れるというような境地は我々から遠かった。その海も幾らでも分析に堪えて「地中海の感興」でヴァレリイはそれをやっている。併しそれ故に海は素朴に眺めるのにも堪えてその海は近代のものでもルネッサンスのものでもなくて人間が太古以来親んで来た海である。この素朴の観念が我々には欠けていた。それ故に素朴実在論的というような言葉も使ったのである。クロオデルがランボオ詩集に付けた序文で徒歩旅行に出て一日歩いていると視覚が二重になったような状態に置かれると書いているのを読んで不思議に思ったのを覚えている。クロオデルの詩と徒歩旅行が結び付かなかったのである。それ程我々の周囲に豊かなものが欠けていたということにこれはなるかも知れない。我々の近代が始ったのが大正の全く雑然たる日本だったこともこのことと無縁ではなさそうである。どれだけ群衆が必要だったのでも富永太郎が戻って来たのはその大正の東京だった。或は京都で梶井基次郎が丸善に始終行っていたのが舶来のものが見たかったからでもそれは舶来のものが当時の言葉を使えば和製のものよりも形が整っていたからでその外の店先ではそれが一箇のレモンだった。この大正の雑然たる日本は今となっては伝え難い。当時の方が日本で伝統的なものが遥かに多く残っていた訳であるが大概の人目に付く所ではそれが砂埃に塗れていればそうして放置されているものの方でただみすぼらしくなることでそれに報いる。その頃は何となくそういうものは駄目であることになっていてこの軽視と冷遇に会ってものはその通りに駄目になる。その上にそれに代るものが多くは洋風の安易な模倣だった。

日本がいつもそのような場所でなかったことは浮世絵を見ても解る。併しそのことで注意しなければならないのは浮世絵が美術品であって実際の江戸や東海道がそれとは大分違っていたのではないかと考えることで美学上のことをここで言っているのではない。兎に角北斎や歌麿が見たのは整って一つのものだった。それは今日のニュウ・ヨオクの裏町が如何に汚く古びていても整って一つのものである為に眼を休めるのと同じでそれが伝統というものである。前に伝統的という言葉を使ったが伝統に属しているものといないものを絶えず区別していなければならないのも落ち着きが悪い話で本来ならばどこだろうとそこの伝統は一つしかなくてその場所全体がその伝統である筈なのである。我々の近代は過去を奪われていたと言った。それと同じことながら我々は暫く伝統から切り離されていた。それが単に四、五十年のことであってもこうした根本的なことの無視には恐るべきものがあって英国で音楽を嫌った清教徒の治世が二十年続いて英国の音楽は数世紀の間姿を消すことになった。

併し近代のことはこの辺で充分に思える。その近代の状態を打ち壊すのに今度の戦争が必要だったことはこういう状態を終らせるのにどれだけの量の力を用いなければならないかを思わせるが人間が既定の事実どころのものでないことを身に染みて知らされれば近代は亡びる。それで素朴実在論的ということに又戻ることになる。例えばマラルメが金色に実った麦畑を指してそれが秋が地上に響かせる最初のシンバルだと言った時にその言葉は素朴でなくて妙を極めている。併しマラルメは麦が見事に実ったのに素朴に打たれてそれでその精神も素朴に働いた結果がこの洗練された言葉だったので麦畑は曾ての我々の言い方をすれば素朴実在論的なものだった。この素朴と洗練、分析、或は追究の関係に我々は気付かないでいたようであってその理由を当時の事情に求めても結局はそれがそうだったのだということで終る。我々の眼に触れるものに麦畑がなかったということはあるかも知れない。併しそれでは前に言ったことの繰り返しであってそれよりも日本が曾て何度か近代の状態にあった時に素朴実在論的というような考え方はなかったのではないかということの方が意味がある。

我々がそういう言葉を用いながら洗練された考え方に達したことがあるならばその結果を得るまで我々の精神は素朴に働いていたに違いない。その後で我々がただ素朴に人間であることが出来なくて倦怠に食われていたのにはその当時の事情があったとしてその事情が過去のものになって我々が素朴に精妙にある考えを追い、素朴に春が来たのを喜んでこれを精妙に受け取ることを我々に現在禁じているものが何かあるかと言えばそのようなものはない。そのことに最近になって気が付いて素朴ということが取り上げたくなったのである。必ずしも近代の影響だけでなくて近代を何度か生じた我が国の歴史の長さによるものか我々がありのままにどういうものでもを受け取るのに障碍に似たものを感じるのはこれは或は明治になってからのことでないかも知れない。或る種の茶道がそれを示していてその他にも各種の宗匠というものがある。それこそひねくれていることなので精神の洗練がひねくれて見えるという俗な反応の仕方からそれが来ているならばそれは俗で片付けられるが必ずしもその問題でなくてどういう形でも余りに精妙な境地に遊ばされることでそこから通常に戻る道を見失うということがある。

或は見失わないまでも再びその境地を求めてそれがもともとどうして得られたかを考えず、その境地と自分の現在を二つの全く別なものと決めることになる。例えば禅僧の言葉を読むとでその人間が普通はどのような暮しをしていたか想像が付くというものではない。併しもしその言葉が真実に響くものならばそれを普通に人間の暮しをしていたものの言葉と見て間違いなくて慧能が腕を切ったのもそれ程一途に五祖に弟子入りすることが許されたかったからだった。もし人間がひねくれていればそういうことはしない。或はマラルメもヴァレリイも自分の子供達にする贈りものを手仕事で作るのに熱中してマラルメは娘の誕生日にいつも茹で卵に絵具を塗り、これに金文字で祝詞を書いてヴァレリイは或るクリスマスに子供達にボオル紙に絵具と金箔を塗った寺院を作ってやるのに一晩を費している。或は再びヴァレリイの年譜に戻ると第一次世界大戦中の何年かをヴァレリイが「若いパルク」を書いて過したのは戦況が一進一退しているのに自分が召集されないでいることから気を紛らせる為だった。

素朴ということに気付いたのがこの年譜も手伝ってのことであるのは前にも触れた。ヴァレリイがやったような仕事をする場合に素朴に人間らしく生きる以外の生き方は考えられない。ヴァレリイ自身が考えていなかったことは確実であってその暇、従ってひねくれたりする暇がヴァレリイになかった。それでここに素朴と洗練、見方によっては生活と仕事の間に更にもう一つの関係が認められて精神の操作に熟達すればする程精神の無駄が省かれて生活は素朴に人間の生活になり、それはその生活にも無駄がないことでそこからいつでも精神の緻密な操作に移れてこうして素朴と洗練は同じものの二つの面をなすに至る。それは動と静程の違いしかないものではないだろうか。これはヴァレリイの仕事そのものに見られてそこではどれだけ精緻に論理が進められていてもそれが常に真実、それも余り真実なので誰もが知っていて真実とも思わないでいることに向って行く為に、或はそのように言葉が組み合されて名文の響を獲得しているので読んでいても迷うことがない。ヴァレリイの文章を難解と感じるのは余程ひねくれた精神の持主なのである。

「レオナルド・ダ・ヴィンチ方法論序説」に je ne rêvais qu'à *l'amande* というような言葉が出て来る。そのイタリックはヴァレリイ自身がそう書いたので自分には肝腎なことしか必要でなかったということが強調したかったのである。この句に就て考えて見ればこれ以上に単純なものはなくて従って洗練の極致でもある。ヴァレリイの文章というのは例外なしにそういう按排に書いてあって言葉の考え抜かれた効果がそういう言葉でしか表せない世界に我々を誘うとともにその言葉が表しているのは後になって我々が初めから知っていた気がする真実に徹した真実であって我々は結局もとの我々自身に戻り、ただそれはその時まであった無駄を取り去られた我々なのである。そこにも素朴と洗練の関係が見られる。或は寧ろそこでこの二つは同じものの二つの面でなくて同じものになり、それが素朴であるから奇警の言は吐かれず又洗練されているから素朴な真実がその通りに真実の形をして表されている。

　これを例えば願はくは花の下にてでも見渡せば山もと霞むでもの新古今時代の和歌と比較してもいい。そういう日本の詩も洗練を極めていてただ言葉の歴史の相違で言葉の洗練が遥かに進み、又それを進めることが出来て我々はその詩に接して初めから終りまでもとの自分の積りでいられるのであるが詩を離れればもとの自分よりも一層その自分になっている。又それが洗練、及び洗練されることの意味でもある。この操作によって我々が何か我々だったのと別なものに変るのでなくて必ず我々自身に戻ることになるのであり、もし戻るべき自分がなくて洗練されるということがあるものならばそれで自分というものが出来る。それが普通の意味で洗練されるということになりそうである。併しその種類の洗練は寧ろ素朴に生きることで得られるものでその生活がなければ初めからそこに人間はいない。我々が我々の近代にあって最も忘れていたのは人間が生きて育つものであることとで我々自身がそれをしながら過去は我々にとって存在しなかった。この人間の成長、その出現はただ素朴ということと一つに掛っている。それがあるがままにあることを意味してそれがそうでないだけ人間は歪められて人間であることを妨げられるからである。

　それならばヴァレリイは殊の外に素朴に成長した人間であることになる。そうするとそこに資質とか境遇とか運とかの問題が介入して来るがそれは原因、或は条件であってその結果が素朴であることに変りはない。前にも両世界大戦中のヴァレリイに就て書いたことがある。その時に改めてその年譜を読んで受けた印象のうちで一つだけここで触れて置きたいのは素朴に一人の人間に成長した人間と言ってもそれが精神の或る程度以上の洗練と並行してのことであればその人間が殊の外に素朴に人間の感じがするということでこれは普通の人間の中でも普通の感じがするのがいるということに他ならない。そういうことがあるだろうかというのならばここにヴァレリイがいる。これは両世界大戦を文字通りにその実情に即して生きた人間だった。一九四〇年にフランスがドイツに降伏した時にヴァレリイはペタン元帥がそのことを放送するのを田舎で聞いて他に適当な訳語が思い当らないので今は意味を失った言葉を使うならば慟哭している。その手記に Et j'ai pleuré, crevé en pleurs という一節がある。この慟哭という言葉は一時は我々がよく見たものである。併しヴァレリイの手記が未発表のもの（*Éphémérides*）であるのに対して慟哭が活字の形を取ってだったことはそれを書いた当人の感傷が売りものになっていたことを示すものでしかない。今度の戦争が終って我々の中で誰が慟哭したか。尤もそれには我々が戦争に負けても負けたと思っていなかったという事情がある。

併し少くとも一時はフランスがドイツに実際に負けたのであることはドイツ軍によるフランスの占領とアメリカ軍による日本の占領の違いにも窺えるのでヴァレリイがその手記通りに泣き伏したことは疑えない。それがヴァレリイだったからである。ヴァレリイはその二年後に食糧事情が悪化してバタの代りにパンに蜂蜜を付けることになった時にはもし牝牛の大きさのものに蜜蜂が代ることが出来るならばとも書いている。そうした際に欲しがりませんというようなことを言うのがひねくれていることなのである。ヴァレリイはフランスの勝利が確定した時にフィガロ紙に「自由というのは一つの感覚であって息づいている。我々が自由であるという観念が現在の瞬間の未来を拡げる、」と書いている。その通りであって自由というのがそういうものであるのに対してその頃から既に解放という言葉がどういう意味に使われ出していたかを思って驚く。併し自由がこの通りのものであるのはヴァレリイの言葉を得て一層そうなるのである。

それで考えることになるのが近代の状態とそれに続く時代、或は一般にその状態にない時代がどう違うのかということである。差し当りそれが今日ということを思って近代の状態にあった時代に続くものであってもいい。一つだけ確かなのは近代の状態にあって目指される他ない洗練、正確、徹底というようなことがその状態が去って価値を失うのでも又目指されなくなるものでもないということで近代の状態が生じる以前の時代でもこのことに変りはない。その点で近代以後の時代は近代以前の状態に戻ると言って差し支えなくてそのことに不都合を感じるのは丁度ヨオロッパに近代が訪れる直前にそこで支持を受けていた浪漫主義の亡霊にまだ取り憑かれているからである。この浪漫主義は科学を美化するとともに多分に誤解して人間も科学上の事実と同様に時代毎に前進して何か訳が解らない未来に向って行くという風なことを人に信じさせていた。併しそのことに義理立てして人間というものを誤解することはない。

近代の状態が洗練、正確その他なのではなくてこの状態がそういうことに人間を向わせるのであり、それそのものは凡てが既になされたという認識、或は再認識から生じる。併し少くとも文字というものが出来て以来の人間の歴史では常に凡てが既になされていたと見ることが許されてただ既になされたことに洗練が加えられたのだった。そして洗練と洗練の間に形式上の相違はあっても優劣はない。我々はよく何千年、或は何万年か前の美術品その他に就てそれが近代的であるのに驚くという風なことを言う。併し洗練というのは精神の洗練であってこの洗練はそういうただ一つのものでしかない時に遠い過去にあった洗練に近代的なもの、或はこの場合の意味からすれば今の自分にも解るものを認めるというのは要するにその今の時代にも洗練があるということに過ぎない。クレタ島の宮殿の壁画に書いてある女達は十九世紀末のパリの女に似た服装をしていた。日本の蒔絵の洗練はまだその類を見るに至っていない。

ただその蒔絵を作った職人が凡ては既になされたと見ていたかどうかは疑問であって又それを作るのにそう見る必要もなかった。もともと近代の状態というものがなければ洗練もないのではなかったのである。又正確、徹底その他に就ても同様であってヴァレリイは Hostinato rigore の座右銘をダ・ヴィンチから取っている。ダ・ヴィンチは近代の人間ではなかった。

これはヨオロッパ、或は何れはヨオロッパの一部をなすべき場所にその前に近代があった時代から千年以上は遅れて仕事をした人間であって寧ろ凡てはこれからだと思っていたかも知れない。その科学上の業績はそのことを想像させる。例えばダ・ヴィンチは飛行機を予見してこれを作る仕事に着手していた。そしてそのことから再び浪漫主義の話、或は浪漫主義的なことを持ち出してもよくてダ・ヴィンチと我々の時代の間に飛行機の発明があり、その超音速機という型も出来ているということである。そうするとロオマの頃、或はアレクサンドリア時代に凡てはなされたのでなかったのだろうか。

洗練が精神の洗練を指すものならばここでなすとかなされたとかいうのは精神が一つの目的を設けてこれを実現することを言っている。その目的の種類や数が問題なのでなくて目的があってこれを達する手段を講じるのが精神にとってなすことの凡てなのであり、これがどのような場合にも通用するものであることに精神が習熟するに至って久しいと認められて凡てがなされた状態が生じる。又目的が達せられてのその結果はそれを得るのに精神がどの程度に介入しているかでその価値が決るので物質の面に及ぼされる影響に眼を瞠ることはない。そこに洗練の意味がある。それが野蛮人ならば蒔絵よりも飛行機に驚くのであるが精神の洗練がないから野蛮人なので序でながら素朴ということからも野蛮人は遠い。その精神を歪めているもの、その成長を阻んでいるものが多過ぎるからでそうなった条件の性質は別とすれば野蛮人とひねくれた人間は選ぶ所がない。

そうすると現在と近代の違いは凡てが既になされたという意識、又その重荷が今日取れたことにしかない。別にそれで再び凡てがこれからであることになった訳でもなくて凡てがなされたともこれからであるとも見る必要がないことを知った所に我々はいる。凡てがなされたと考えていたのは人間の歴史の長さからすればついこの間のことだった。又それがこれからだという風に人間が或る予感に漲る状態に置かれるのも既に何度もあったことでそれが必ずしも人間にとって正常なことであるとも言い切れない。少くともそれが始終であるのは正常なことでなくて更に近代と違って凡てがこれからだと見るのは何をするにも突き当る壁がないのであるからこれを突き詰めて行けば凡てが終ったのでも始るのでもなくて生きているのと本質的に変ることはない。実際にはそこに始りも終りもないのであって人間は何故か地上に現れてそれが人間というものであると認められて以来その形をしている。ただ時にはその意識が重荷になって自失することもあり、それから覚めて戻るのはそれまでと同じ人間の状態である。

併し我々が極く最近までいた時代が既にそれが過去のものになった現在でもまだ或る点で尾を引いていると見られるのは例えば素朴というのが人間の根本と同義語をなすものであることが今に至っても忘れられている感じがするからであってそれで素朴に就て書きたかった。ヴァレリイがいたのでもヨオロッパでは違っていたのでなくて近代の状態では善意の人々というようなのが如何にも素朴という印象を与える為に素朴そのものが忌避される。そうした剝き出しの素朴が寧ろ単純とか鈍感とか呼ばれるべきものであることに構っていられない事情がそこにあるからであるがそれが何の仕業であっても素朴は忌避出来るものでない。これは一つの性質であるよりも状態であってどういうものでもそれがあるがままならば素朴にそこにあり、その状態で我々もそれを受け取らなければならなくて従って我々の精神も素朴にその為に働く。併し素朴というのはそのことに止るものでない。

精神がどれだけ緻密に働いてもそれは精神の持ち前の状態であってそれ故にそれは素朴になのである。我々が考えている時にその正確とか緻密とかいうことは頭になくてただ精神が自然に働くのを感じるだけでその正確や緻密の保証を得る。寧ろその正確や緻密は外から、或は後から見ての限定であって我々はただ素朴に考え、工夫し、分析しているのであって我々が素朴実在論的であるのを忌避していた時にそのことをもう少し厳密に押し進めたならば考えることも出来なくなる筈だった。それはただ結果が剝き出しの素朴であるのを嫌ったのだったかも知れない。併し素朴が剝き出しになるというのが既に可笑しいので素朴は他のものに、或は凡てのものに伴う状態であってそれ自体がただそこにあるということはあり得ない。あるものが正常にそのあるべき状態にある時にそれが素朴にである。従って洗練の反対は素朴でなくて粗雑であり、その洗練も素朴に得られる他ない。

これは洗練されたものの洗練を喜ぶのも素朴にであることでそれ以外の受け取り方があると思う時に我々は俗に堕する。更にこれは洗練を喜ぶのが素朴にでなければならないので我々がそうすることでそれまでの歪みが除かれて素朴な状態に戻されることでもある。それが詩の作用でなくて何だろうか。ヴァレリイはマラルメに「賽の一投げ」を読んで聞かされた晩に空を見上げて遂に星の高さまで詩を持って行ったものが現れたと思った。併しその星は確かに夜空に光っていたのである。その高さに少しでも歪んでは達せられなくて素朴というのはそういうものなのである。

読むことと書くこと

昔は本を読む時に身構えたものだった。これを殊勝なことと言えば言えなくもなさそうな気がしても自分が知っていることよりも知らないことの方が遥かに多い世界に就て本というものが語るのである間はその世界に向って行くのに思わず身構えるということをするのは寧ろ避けられないことだった。今は違うということをここで臆せずに明かにして置きたい。例えば学問の道は遠いというようなことは恐らくは勉強が出来る間を懶《なま》ける口実にしかならないので人間が一人むきになって何かやっていればそのうちにその人間にとってはその何かの適量に達する。もともとこっちが学問をするのに向いていなかったということにこれはなるのか。それはそれで少しも構わない。ここで改めて出直して言い換えるならば問題は学問でなくて本を楽に読むのに必要な知識というものが欠けている間は本を読むのはその知識を補う為の試練だった。併し本の世界を自分のものと認めるのになくてはならない程度の知識は誰もがその適量に本を読んでいるうちに達する。

リラダンの *Contes cruels* の一つに冒頭にユダヤ文字で書いた引用があってまだユダヤ文字を知らないのを手痛く感じたのを覚えている。併しユダヤ文字は遂に覚えなくてこれから先それをするとも思えない。そのうちにユダヤ文字が読めなくても本の世界で結構用が足りることが解ったからでどうにもなくては用が足りない程度の常識は長年本を読んでいるうちに身に付けた。そうすると人間は本を読むのにも無駄なことを随分するということになる。或は無駄とは言えないならば一冊の本の途中でユダヤ語でなくても外国語を一つ習うのにどこかに通い始めるというようなそれがすんでしまえばもうしないでもよくなることをするという具合に後になってはなしですませることを本を読む人間、読書人と呼んで差し支えないものになるまでにしなければならないだけは確かである。その時はそれが必要だったのだから無駄ではなかったと見たくても一冊の本を取り上げてそれをただ読むということが出来る状態に達するのにその同じ本を何度どんな風に取り上げて来たかを思えば無駄ということが頭に浮ばないではいない。

又それだけにその間は一冊の本を前にして身構えるのを通り越して鹿爪らしさそのものとでも言う他ない気持でいたことはこれはただもう余計だった。そこから本の言葉が引き離してくれることはあっても却ってそこに錯覚が生じてそういう妙な気持でいたから本の言葉が読めたのだと思えば言葉の働きも途中で止らざるを得なかった。一つだけよくしたものと考えられるのはそのような態度で取り上げる本は古典、或はこれに準じるものが自然多くて人間に働き掛ける言葉にもそれだけ度々出会ったことでこれが重なるうちに言葉というのが鹿爪らしさと縁がないものであることが少しずつ頭に染み込んで来たものと見える。確かに或る幾つかの言葉に接している間は鹿爪らしさは影を潜めていてその期間が長くなるうちに狐が落ちたということになりそうである。兎に角初めのうちは言葉というものに就て美というようなことを考えていたのだから話にならない。併しそれが真だった所でどれだけ違っただろうか。どっちの場合でも或る言葉が語り掛けてそれをそのまま受け入れる境地からは遠い。

例えば友達と話をしていてその友達が言うことを美だとか真だとかは考えないのみならずそれを聞くのに鹿爪らしく身構えるようなことを我々はしない。ただその場合は言葉を書くのでなくてそれが話されるのであって話と文章を比べるならば文章を書く方が言葉を扱うのに遥かに多く注意することになるから言葉はそれだけ完全な形を取る。それならば友達の話を聞くよりも友達が書いたものを読んだ方が単に言葉の働きという点からすれば有効にその働きが受け留められて友達の本ということから一般に本というものに就て考える時に我々は始めて一冊の本と対話が出来る。その本は人間が人間に語り掛ける為に書いたものであってこの語り手と聞き手、読み手の関係を離れて本、或は一般に言葉というものはない。それは美でも真でもなくて強いて言えば生命であって生命の本とか言葉とかいう風に又鹿爪らしく考えたくなるのならば我々が何かを食べて得るものも生命である。

又それが本の一つの基準にもなる。或はそれは我々銘々にとって人によって違った形を取る基準であって肌が合う合わないということがどういう事情からでも自分が親めない本というのはその自分に対しては言葉の働きをしないから読むだけ無駄であり、それが古典であるとか傑作であるとかいうことはその為に強いて読む理由にならない。そういう世界文学全集式の考え方はこれは若くて鹿爪らしい間しか通用しないもので何が本で言葉だか解らないうちに乱読して置くことで我々は銘々の好みを確める。これは全くその為であって自分の好みを知らなくて本との付き合いは生ぜず、或は本との付き合いが出来るのと自分の好みが好みの形を取るのは同じ一つのことであって教養というようなことをここで考える必要はない。その教養というのは我々が本を読んでいるうちにもし我々にそれがあることになるならばあるものなので教養よりも本に親むことの方が大事である。或は教養というのがそういうどうでもいい一つの抽象であるのに対して少くとも本に親むのは我々に人間の言葉を伝えることで我々の眼にその人間の世界を拡げてくれる。それ故に本はただ読めば解り、これはその本と付き合って一人の人間に出会った思いをするかどうかを知るのに手間は掛らないということなのである。

本とはそういうものである。そのことから文章一般、そして又文章を書くことに移るとこれが文章と言えるものかどうかは別として文章の恰好をした実に多くのものが我々がまだ本の読み始めの頃に思わず取った姿勢の鹿爪らしさで書いてあるのが目立つ。それは殆どそれを書いている人間が自分が何か特殊なこと、又自分にとって恐しく難しいことをしている積りでいるのではないかと疑わせるものがあって本、或は言葉に対して身構えている点で初心者が本を読むのと変ることはない。併し言葉が身構えては素直に受け入れられないのと同じで言葉は虚心にでなければ得られないもので大道の武芸者の態度で言葉を追う時に兎に角手に入れた言葉はその態度しかそれを読むものに伝えない。一口に言えばただ偉そうな感じがするだけなのである。又その感じは更にこれを分析する余地があって当人が偉そうに振舞っているのでなくても自分が難関に出会ってその状況と格闘している気でいる印象は拭えなくてしまいには鼻に付く。

もともと文章を書くというのが何か偉いことに思われていたのかも知れない。それが簡単に出来ないものであるのを誰もが心得ていたことは確実であってそれ故に読むことが言葉というものに習熟する意味で先ず行われて読むことが書くことだった。又この二つは実際には同じことなので言葉に親むことで言葉が得られるのであり、それが誰のものであるというような愚劣なことは言葉の世界では通用しない。併し既にそこにある言葉は言葉が何であるかを我々に語り、これに接しているうちに言葉で語る術も含めて言葉の性質が解って来る。もし書くのが難しいことであるならば少くともそれに匹敵して読むのも難しいことなのでただ字引に載っている言葉の意味を知るだけで読むということをすることは出来ない。併しそれが難しいのは言葉に親むきっかけを得るまでのことでその親みが途切れるならば又そのきっかけを得る為に努力することが必要になる場合もある。それ故に難しいと言うことは出来てもこれは親む為のものであって書くのも、これは自分が親める言葉を得るのもそれ以上の、或はそれとは違った性質の難しさを伴うものではない。

従ってどういう努力をしてでも、或はしなくても得た言葉、又そういう言葉で書いた文章は親めはしても鹿爪らしいというような印象を与える筈がないのである。或は自分が親めない種類の文章でもそれが文章になっていれば鹿爪らしくはなくて個人的なことを言うならば例えばパスカルは遂に馴染めなかった文章家の一人であるがその文章にそうした生真面目なものはない。寧ろこれは稀代の名文だろうか。後は好みの問題であってパスカルの代りに読むものは幾らでもある。併し鹿爪らしく書いたものの問題はやはり残って一つにはそれが新聞雑誌から本の形をしたものに至るまでそれが目に付くのが始終のことであるのみならず活字になったものの大半がそうなのではないかという気さえするからである。これは小説の類にまで及んでいて生真面目な読者の為に書くから小説の印象まで生真面目なものになるのではないかと思いたくなる。その生真面目な読者というのは初心者、まだ文章と文章でないものの区別も付かないものということとなのだろうか。

それは粗雑ということに尽きるとも考えられる。そのことに一つの材料を提供するとも思えるのは大概の翻訳の文体であって日本語をこれだけ酷使、或は寧ろ悪用する目的がどこにあるのか常識では理解出来ない。その為によく聞かされる正確ということも意味をなさなくて或る国語で書いたものが文章の体をなさなければそれによって何も伝えられはしないのであり、それでもそれが別な国語に従えば正確であると考える所にその神経、或は精神の粗雑が顔を出す。寧ろ自分が書いたことを別な国語に訳して見て言葉というものに共通の語脈の筋を正すというのが文章の道であって既にその筋が乱れているのを別な国語からの訳であることで片付くと思うことがどこの国の言葉にも親んだ経験がないことをもの語っている。実際に我が国でどれだけの翻訳がなされていても読める文章で行われた翻訳というものは少くて語学力と文章は違うという弁解を聞くに至って粗雑を何か別な言葉で呼びたくなる。

読めるか読めないかが確かにどういう文章でもをそうでないものから見分ける基準であってここでも読むことと書くことは一致する。これを所謂、話すように書くことと混同してはならない。或はそのようにというのがここでは大事であって人の話を聞く思いでなだらかに読んで行ける文章を心掛けるのならば解るが半分は相手の早合点に期待して言葉を場当りに繋げて行くことに帰するその話すという言葉の用法は書くことの正反対のものである。それで書くことも読むことも難しいものであることになるだろうか。併し一つだけ確かなのは文章の体をなして書いてあるものが必ずそこに一人の人間がいて語っているのを感じさせることでその人間との付き合いで問題は易しい難しいとは別な領域に移る。又我々が書く時も一人の人間が我々のうちにいて語っているのでその人間を感じることがなくて何か書くのは無謀である。或はそれでも書くということがどうしてもしたければその人間を自分のうちに感じるまで苦労する他ない。

結局はなだらかということに帰するだろうか。或はそれをなだらかと見なくて夕日を浴びているという方に影像を持って行っても構わない。それが険しい道であっても夕日を浴びていればそこを歩いて行く気を起すものでその時に意識の重点は道が険しいことでなくてそれが夕日を浴びて異様に光っていることにある。それ以外にも人間が言葉というものを通して我々に覚えさせる親みはどういう風にでも形容出来るがそれが生真面目だったり粗雑だったりすることから遠いものであることは確かである。そういう親みがある言葉は自分で書く他ないのかと思うこともある。

控え目に

一口に言えばどぎついということになる言葉や言葉遣いが文章の上でも一般に求められているというのが現在では殆ど定説に近いものになっているようである。或はどぎついのがいいという考えが定説という風な鹿爪らしい観念に直ぐには結び付かないものでもその考えがあることは確かであってこれは本や雑誌の記事を広告する文句を見ても解る。それには例えばその本や記事がそこで扱われていることを抉るという種類の言葉が用いられていて同じような言葉がそれで幾らでも頭に浮ぶ筈であるが言葉が指すことを厳密に考えるならばそういう言葉が好まれるのはただどぎついことを求めてであるとしか思えない。そうした記事その他の対象が人間であることもあって人間を抉れば死ぬか重傷を負うのに決っている。又それ故にその言葉が選ばれて恐らくその感じに託して対象に就て深く考察しているという類のことを伝えるのが狙いかと思われるが言葉の感じに走って忘れられているのが人間でなくても文章で扱われることは先ずそこで生かされなければ死語になるからどういう問題の性格も摑めないということである。もし或る一つの現象を抉るならばその形態が損ねられてその現象でも何でもなくなる。併しそれでも抉るという言葉が広告に用いられる。

又この一種の好みは当然そういう本や雑誌の記事そのものにも見られて抉るというような言葉は主に広告用のものでも何か書く上で言葉自体の力よりもその意味や響で人の注意を惹くことを狙ってそれと自分が書いている筈のこととの関係を考えない傾向が目立つ。併しこれにはその代償を払うことになって書いていることがそうした人目に付く言葉では表せない場合にもこれを使うから書いていることの方に狂いが生じてその結果は対象に言葉の形を取らせるのでなくて広告の文句通りにその対象を抉ったりその正体を暴いたりすることになる。所がその正体を暴くということもこれは或ることがその外観と違って何かもっとひどいものである時にそのことを指摘することを意味して実際には寧ろ外観と中身が一致して或ることが眼に映るままにそこにあることの方が多い。更に又外観と中身がそれ程違ってわざわざその正体を暴くというようなことをしなければならないというのはそれがしたくての架空の前提ではないかとさえ考えられて形はその形をしているものを表し、それがそうでないとするのは大概はものを見る眼を持たないか眼をそこから逸らせているかのどちらかであると言える。

前は我が国で人間の生活、性格、要するに人間というものを実際以上にみじめなものに扱うのが所謂、私小説の影響かと思っていた。併し人目を惹くという点からすれば円満に成熟した人間がその日その日に安住して一生を送るのよりも政治か時代か教育か自分の不甲斐なさかから一人前の人間になり損ったものが酒と女か男に身を持ち崩して事故で病院に担ぎ込まれて死ぬとか或は同じ種類の不具もの、半端ものがそういう質のものである為に人間並の人間ならばしないことをするのを自分でも不満に思っているとかいう話の方がその場限りでの効果はある。又それ故に対象が歴史上の事件、或は実在した人間の行動ならばその裏話、あら探しの形を記述が取って何かを暴くとか抉るとかいうその意図は達せられる。併しこの好みの為にそういう言葉を使わないで広告出来る種類の文章が我々の眼に触れることは少くて読むというのが一冊の本を読むのでも暴露記事を漁るのと同義語になっている感じがする。

併しこうした事情の根本はもっと深い所、或は少くとも一般にもっと真面目に受け取られていることの面に見出されるようであってこの頃は読書、本を読むというのが一種の流行、他人がするから自分もしなければならないことの一つに数えられそうであるが本を読むことで求められているのもどぎついことの反対ではなくて更にこれは最近になって始ったことでもない。そこに文学の亡霊とも呼ぶべきものが今でも出没するのが見られる。昔我が国では詩や文章のことを文学とは言わなかった。又その二字だけを取るならばそれが詩や文章を指す国は今日の日本以外のどこにもなくてこの事情はそれが我が国でも訳語であることから始ったことを示している。そしてその原語に当るものが外国で詩や文章の意味に用いられているならばそれを訳してまで日本で使うようになったのは日本にそれまで詩も文章もなかったと考えたことに発しているに違いない。これは文学が詩や文章であってもなくてもそれまで日本に文学がなかったということになる。

或はそれまでにも詩や文章はあってもそれが外国のとは全く違った性質のものだったということで何れにしてもこの文学は一切を白紙に戻して外国語を覚えるのと同様に最初の一歩から

改めて踏み出さなければならないものだった。その外国の詩や文章が外国語で書いてあるということも人にそのような考えを持たせるのを手伝ったに違いない。併し実はその外国の文学もそこの詩や文章に全く便宜的に与えられた総称であって我が国程に詩文の伝統が長くてその技術も発達している所で新たに読むものが外国語で書いてあってもそれまで詩文に就て身に付けたことを凡て払拭して何か別なものを探そうとしても無理である。そうである他なくて詩文とか文学とか言っても要するに言葉とその使い方の別名であり、どこの国の言葉でもそれは常に言葉である他ない。併しそれでもこうしてその言葉で出来ているものを言葉の問題を離れて取り上げることが我が国で長い間行われていたことは今となってはただ荒唐無稽としか思えない明治以後の所謂、文学論争からも察せられてこの不自然な作業が今は終ったとも必ずしも見られない。

初めから理解する道を塞いで置いて理解に努めるという常識に外れたことをするのに本気で掛ればその結果は錯乱と呼ぶことしか出来ないものになる。併し錯乱するにも何かそのきっかけになるものが必要でそれが兎に角取り付き易いものを対象に見出すことであるのは理解の道を塞いでの努力でなくても或ることを理解するのを目指す凡ての場合とその一点では同じである。その取り付き易いものの一つがキリスト教だった。これが全く独特の宗教であるのみならず独特の、或は凡て真実の宗教に見られる通りに人生観、世界観でもあることは自分の国に言葉の伝統がないと考えているものにも実はその伝統に培われた精神で理解することが出来た。併しそれはそのことに止ったとも言える。それがキリスト教でも仏教でも或は回教でも一つの宗教を理解するというのが厳密にはその宗教での信仰が生じての上のことであるということは別としてもただその輪郭を摑むにも先ず自分をそれと対等の立場に置かなければならない。或は対象とこれに対するものの関係がそこに成立することが必要である。併し最初にキリスト教が独特のもの、要するに明かに宗教であるものであることを知ってそれが自分が模索している文学というものと源泉を同じくする外国のものであることからここに光があるという風に忽ち思うのでは理解が結局はこれが日本に暫くなかった一つの宗教であることに限られる。

併しキリスト教の特色の一つはこれにはその創始者であるキリストの性格も与って説く所の語調が強烈であることにあり、これはその前身とも見られるユダヤ教にもあるものでそれが明治以後の日本でキリスト教に接したものにこれに取り付き易くした。それが特色であってキリスト教を宗教以上のものにするものでないことは言うまでもない。併し例えば死ぬことがない蛆だとか消えることがない火だとかいうのはその着想で人を驚かすに足りるもので女を見てこれを望めば既に姦淫の罪を犯しているのだというのもその適不適は兎も角その短兵急の語調で人にその通りと思わせるだけの力がある。その後の日本でキリスト教が普及したと言ってもこの宗教に対する理解がその域を出るものになったと断定すべき根拠はない。併しここではキリスト教そのものが問題なのではなくてそのキリスト教で表された外国、或はヨオロッパ、又ヨオロッパにあって我が国にはないと考えられた文学というものがキリスト教の他のどういうことを置いてもその強烈な性格と結び付いて日本で受け取られたということに注意したいのである。

又強烈であることが何かに対する手掛りになって理解が大してそれ以上に進まないならばその強烈はどぎついのと同じことに帰する。そしてキリスト教は確かに日本で求められたその文学も含めてヨオロッパの文明全体を取り上げる手掛りになるものであってもそのことに即して日本で行われたのはキリスト教から受けたのと同じ種類の印象を与えるものをキリスト教と直接に関係がない領分でも探すことだったようでそれで明治以後の日本に影響があったとは言えなくても少くとも或る程度は読まれた外国の作者達に見られるその選択の事情を納得することが出来る。前に坪内逍遥がそのシェイクスピアの全訳に何度目かに手を入れたものの序文でシェイクスピアはイブセンに及ぶものでなくてもそれでもという意味のことを書いているのを見たことがある。そしてシェイクスピアは逍遥の名訳が出た後も一箇の劇作家として日本で正常に扱われることになったのが極く最近のことであるのに対してイブセンが既に逍遥の時代に兎に角或る範囲に亙って愛好されると言っていい受け方をしていたのはここではシェイクスピアとか戯曲とか詩とかいうことを忘れてイブセンが書いたものの性格を思うことで説明が付く。

どぎつい言葉というのは解り易いのでなくて人を解ったような気にさせるものなのでその上でその言葉で表されたことが真実であるかどうかはそのどぎついという性格が知ったことではない。キリストとイブセンを比較するというようなことは意味をなさなくても鯨と鰊の間にも共通点を見出すことが出来て時にはそれが必要になることもある。そして例えばイブセンの凡てか無かという種類の言い方はどういうことを表すとも思えなくても何かがそこで表されている感じを人に与えてその中には実際に凡てか無かの何れかを択ばなければならない気がして来るものがいるかも知れない。或は人形の家のような筋の立て方は十九世紀のヨオロッパであって始めて又そういう状況にあってだけ観衆の共感を得るものと考えられるが状況は観衆の想像で設定出来るものでこの劇での言わば後宮、或は監獄からの脱出は日本の姑の嫁いじめを扱った話と同様に線が太くて簡単なものであることで人に迫るものがあり、それがどぎついということが奏する効果のからくりでもある。

これは言うべきことがそれを言うものにとって極めて明確であるのでその言葉が全くただそこにあるだけのものになるのと違ってそこに拡るものを眼がそこから発して見渡すという結果を生じる代りに線が注意を引き留めて眼の働きがそこから暫く逃れられない点では凝視するというのと同じ状態に人を陥らせる。それが目立つということでもあってそれならばどぎついというのを目立つと言い直して話を進めてもいい。凡て目立つことはそれが少くとも一つの手掛りになってそれで何かを始める時に目立つものに先ず接することでそれだけ呑み込みが早くなる。例えば音楽に縁がある質でまだその縁に繋っていないものが最初に聞くのにベエトオヴェンの中期の騒々しいとも言える曲が適しているようなものでそれがいや応なしに耳に入って来てその旋律に聞くものを引っ張り込むことで音楽の旋律というものに耳が次第に馴れて行く。併しそうすることで音楽に対して親みが生じれば特定の旋律ということでなしに一般に音楽というものを求める習慣が付くのが常道であるのに日本に外国から持ち込まれた文学というのはその言わば特定の旋律、或は当時そういう旋律と思われたものから遂に切り離されずに今日に及んでいる感じがする。

これは必ずしも最初の誤解がそのまま踏襲されたということではない。ドストエフスキイの小説は博愛主義ということで先ず読まれてトルストイは日本で「復活」の作者であることで知られた。併し問題は誤解とかその修正とかを越えて手っ取り早い所で或る作者がどういうことを言っているかが他の一切を差し置いて取り上げられることにあってそれを殊更に指摘することもなさそうな感じがすることからも察せられる通り今日でもこのことに変りはない。確かに人は言うべきことがあってそれを言うのである。併しその言葉を離れて一人の作者がどういうことを言っているか簡単に示せるのはそういう目立った特徴がその作者にあることで特徴ならばどういう作者にも認められてもそれが更に目立つものでなければならない。或はもし目立つものでなければそれを目立たせる工夫をすることで始めてこの日本風の考えに従った文学で通用することになる。又その工夫の余地がないものは敬遠される。

従ってそういう目立つ特徴があれば、或はそのように目立たせて扱えるならば一人の人間が書くものが実際に読むに価するかどうか、もっと平板に言って読んで面白いかどうかは顧みる必要がない。この方式でどの位多くの人間が書いたものが日本で紹介されてその時期は真面目に兎に角読まれたかその名前を頭の中で並べて見るだけでその辺の事情が明かにされる。それでサアニンというような名前があったことまで思い出す。併し紹介にどれ程の工夫が凝されてもその工夫の域を出ないものは何れは読まれなくなるのに対してこうして特徴を指摘してそれが凡てであるという印象を与えることに力を入れる本というものの受け取り方は言うことがあってそれを言っている人間にも災してその点からすれば日本で外国の人間が書いたものが正当にありのままに受け入れられたことはないという説さえなし得る。ヴァレリイが二十世紀の知性の最高峰であるという文句を曾てどこかで読んだのを覚えている。ヴァレリイのような本職の文章家が書いたものから何か人目を惹く特徴と言ったものを引き出そうとすればそういう讃辞であること以外には意味不明のことしか思い付けないことになるに違いないがそれを読む方に廻ってヴァレリイを知性の最高峰と思って読まされる人間のことも考えて見なければならない。

併し言葉には事実ベエトオヴェンの中期の旋律と同様に人の注意を強引に惹かずにいないものがあって厄介なのはそれがそれ自体何かに価するものであるとともに価するということの凡てでなくて更にそれが何かに価することで誤解の余地が生じることである。例えばそういう言葉は人を酔わせることがあってこの場合に酔うというのは判断が狂うことである。少くとも我々は強烈な言葉に接して暫くはそれに揺すぶられたままでいる。それは強烈であるだけでも目立ってこれに迷わされて勝手なことをそれに託することにもなり易い。そこから例えば何々主義という風なことを思い付くにはただの一歩で実際に起ったのは我々が或る強烈な言葉の働きにさらされたということだけなのであるが余震がまだ続いていることでその何々主義の方も納得が行くものに我々に思われる。そして言葉が我々に働き掛ける時に働くのがその所謂、意味だけの積りでいるのが字引き作りの錯覚なので人と同様に言葉に動かされるのも直ぐには判断が付かない広範囲に亙ることが我々を襲うからであり、その大部分は目立つ特徴と言ったことの材料にならない事柄である。寧ろその中のどうでもいい部分が特徴や何々主義に相当する。

口を利く時に怒鳴ることで人の注意を惹くことが出来る。併し文章では強烈な働きをする言葉の組み合せがその怒鳴ることの代りをする他なくてこれも言葉を用いてのことであるから文章のうちに入る。それで文章というのはそういうものかということで話は別になり、その形で人を揺すぶるのだけが文章の働きではない。併しもう少しその揺すぶる方に就て語ることが必要かも知れなくて例えば英国のエリザベス時代の劇は当時の舞台装置の技術が劇場の繁昌に伴って如何に発達していたのであっても劇作家の想像力が常にそれを越えていたので劇の効果の大部分は台詞自体の力によることになった。又その力からすれば眼には舞台の床と映るものが実際に戦場にも荒れ狂う海にも変り、これが妖精に起させた幻覚という筋書きに従ってそこが再び舞台の床に戻ったのであるから詩人に魔術師と自負することも許された。それでリヤが登場する荒野では実際に嵐が吹き募り、その嵐を呼ぶリヤの台詞は文字通りに咆哮である。

そこでは怒りが今日の我々が聞き馴れたこの言葉と違って天地を向うに廻しての激情の形を取って怒りと嵐の両方であるリヤの台詞が続く限り我々も息を継ぐ暇がない。もともと激情はこの時代に英国の芝居の観衆が常に求めていたものの一つでそれ故にこの頃の芝居はこうした場面にこと欠かず、それが我々にとって今日でも好都合なのはそのお蔭で人を揺すぶる言葉というものの例をそこに幾らでも見出せることである。その何れも目的の効果を奏して余す所がないと言える。そしてそれ故に我々もその言葉を聞き、又読んで言葉というのがそういう風にも用いられるものであることを改めて感じさせられるのであるがそれでアリストテレスが説く通りに我々が恐怖と憐憫の念に満された挙句に浄化されるという状態に置かれるかどうかという疑問が生じることでエリザベス時代の英国の劇が激情を扱ってばかりいるのでないことを思い出す。併しここでは単に正当に言葉を用いて人を揺すぶる例が示したかっただけである。

もう一度どぎついという言葉を使うならば一般に何かに思いを潜めるという形で考えたことはどきつい言葉で表すのに適していない。或は同じことながらそういう言葉では考えを進めることが出来なくて考えに限度がある時に力が余って語調が烈しくなる。例えば思慮が足りなくてただ憎しみに駆られるならばその言葉が毒を含むようなものだろうか。併しそれもスウィフト程の憎悪になればそれが毒を含んだ言葉を吐くのを通り越してガリヴァア旅行記での糾弾になった。そしてこれが普通の意味で所謂、愛読の書になることは考えられなくてこの本で我々が息をつくのは終りの馬の国が出て来る所だけであり、そこまで来て馬の代りに人間が現れる。これは憎悪というものそのものに限度があるということでそれは人間を盲にして人間は眼を働かせることが出来なければ生きている甲斐がない。それ故に盲は心眼を働かせてスウィフトも最後に馬に託して正常な人間に就て語らなければならなかった。

もっと卑近な例が幾らもある。必ずしも言葉そのもののことを考えなくても人目を惹くようなことを取り上げて書けばそれが人目を惹くことが予想されてそれに応じて言葉の使い方も加減することで一応の効果を収めることが出来る。例えば日本でブロンテ姉妹の名前は聞いてもオォステンは殆ど知られていないのはオォステンが英国の十八世紀の生き残りと言える文章家であってその小説が人間の日常を日常のものでない緻密な眼の働きで語っているのに対してブロンテ姉妹のは異常な事件を作者までをその中に引き込んで展開させているからでこの方が入って行き易くて序でにそこに登場する人物と一喜一憂する機会を見付けるのも困難でない。これが余りに卑近なことであり過ぎるというのならばこのからくりを用いることが出来るのは小説だけでなくて人目を惹くように何かに就て考えるということもあり得る。このことを示してこの頃の日本では却って必要以上に字劃が多い漢字を使う傾向が見られてそれで戦うは闘うになり、打撃は衝撃で反対はその意味まで忘れられたのか今では粉砕であるが粉砕と書いた所でどういうことが起るのでもないことからその目的が人目を惹くことにあることが察せられてその人間はその時既に紙に向っているのでなくて壇上に立っているのであり、そうして壇に立つのも人目を惹く為である。

その心理で言葉を用いるのが常識に近いものになっているからそのことを言って置く必要がある。又この事態が生じたのも結局は文学というものの受け取り方から来ている所に日本でのこの文学という言葉の奇妙な影響が見られる。ただ読むのでなくて動かされることを求めるというのまでは解る。併し文学という言葉、或は観念に従って動かされた上で自分もその文学を作り出すことを望むというのでは未知の、又誰にとっても未知の条件が多過ぎてしまいにはただ目立つことに取り付くことになっても不思議ではない。又それが取り付き易い劣情であってはならないという種類の配慮から他に何か目立つこと、或は目立つことと自分では思わなくても兎に角動かされる手掛りになることを探しているうちにはどのような幻覚でも生れて来る。

それで一つ確かなことはそうして言葉を対象にしてこれと取り組みながらその為に言葉というものの性質から次第に離れて行き、そのようなものがあることも遂には忘れることである。

人間は言葉でものを考える。その言葉を唯一の頼りにしないでそれでも考えるということをしている積りでいる以上は考えることの代りになることを案出する他なくて日本でこれが表面だけのことでも文章に文学が取って代ったのならば考えることの代りに出来たのが思想であると言える。その思想ももとは考えるということをした結果だった筈である。併し言葉をせいぜい符牒位に見てこれを継ぎ合せていることで得られるのも符牒であることを免れなくてそれが今日用いられている意味での思想に丁度当て嵌る。それに考えた結果よりも考えるということそのものが人間にとって大事なのであってこの行為は生命とともに続けられて振幅を増し、これが最後に摑むものは生命そのものでなければならない。その途中での所産が他人が考えるのに資するということはあるかも知れない。併し初めから符牒を継ぎ合せるのを考えることと心得ている時にそこに生命の躍動は見られなくて継ぎ合せた結果が思想で通用するのはこれが死物で取り付き易いからである。

併し生命がなければ人の注意を惹かないのを通り越してないのも同然であり、それでそこに又目立たせるということが出て来る。こういう風に書いて行けば既に用いたからくりというような言葉からの聯想もあって凡ては作為だという印象を与えるかも知れない。併しこれはそういうことで片付けられるものでない筈である。ことの起りは日本に詩も文章も、或は兎に角文学という訳語よりも寧ろ新造語に近い名称で知られることになったものが外国からそれが入って来るまでなかったと考えられたことにあった。それは一つの観念が正確に摑めなくてそれでもどうにでもしてこれを摑むことを望むことであってこの場合はその文学を詩と文章から、言葉から切り離して文学が何であるかを知ることを求めたのであるからその観念は初めから虚妄であり、それがそうであることにも気付かずにその努力が続けられた。そこまで専心してそれがなされた点ではこれは作為と別なことを思わせてその無謀に驚く前にこの種の行為が自分がしていることと凡そ違った結果を生じてそのことにも当人は気付かずにその結果も自分なりに解釈するということの方に注意が行く。

目立つことに取り付くとか自分がしていることを目立たせるとかいうことでなくて目立つことに取り付くのは発見であり、その発見を説くのに力を入れるので自分がしていることを目立たせようと考えているのではない。或は目立たせるのと力説するのはその結果からして同じことである。ただ真実であることを言葉を通して認めるのに用いられた言葉は真実に響くのに対して自分がそうと思い込んだことを無理にでも人に解って貰うことを望めばその方に力が入ってそれは寧ろどぎつくて目立つという印象を与える。併し当人は真実を語っている積りだった。そこにこの種の常識を逸脱した作業が無害ですまない所以があって当人はそれで何々主義を標榜したりするのみならず繰り返してそういうことが行われているうちに一般になるべく人目を惹く言葉を使うのが真実を語るのに力を入れるのと区別が付かなくなり、それである種の語調、或は身振りが真実を語る態度、或は少くとも真剣であることの印と見られるに至った。

これは各種の文学論とも呼べるものに限ったことではない。わざわざ題名や作者の名前を挙げるまでもないことで小説や劇で今日でも通っているものの多くを読めばそれがどのような目的で書かれたのか解らなくて書いてあるのが文章であることも疑しい代りにそのどれに就ても目立つのがその目立つということ、或は目立つ努力がなされていることである。そしてこれはそれを書いたものが一所懸命だったことになる。又それでその方からも書くというのが苦労して書くのと同じことに見られて来た理由が解る。ただ目立つ言葉を使うだけでなくてそれを使って書くこと自体が目立たなければならなかったのでそれには今日の何かを抉るのと同様に血を吐く思いをしてというようなことが効果があった。今日では血を吐く思いをして書くということを余り聞かない。併しただ書くということもまだ一般には受け入れられていなくてその他に何か書くのに掛った時間とかその材料になったのがどういう経験だったかとかいうことを期待するのが普通である。併し書くという仕事がそれ以外のものでないことだけは認められるに至ったのだろうか。

それで漸く本論に入れる。ここで言いたいのは文学という新造語の影響という種類の論外の、或は特殊な事情を離れて言葉を正当に用いてどれだけの効果が得られるのであっても、又用い方によっては殆どどのような効果も言葉で得られるものであるがそれによって達せられる認識の度合いは効果の外見上の強弱と逆になるということである。既にどぎついという風な言葉を使うことはない。リヤが嵐とともに狂う荒野の場面はどぎついのでなくてそれ自体が嵐であり、それに会って我々が息を呑むのを表すのに別な性質の言葉を持って来る他ない。併しこれは実際に例えば海上で嵐を経験するのとこの点では同じことでそれが如何に壮烈であってもそこから我々は思いを自然とか人間の宿命とか無力とか抵抗とか或は宇宙の構造とかに馳せはしなくてただ息を呑み、それは我々自身の生命が危いか或は精神的にその状況にある時に無駄な考えが頭に浮んで来る余地がないからである。我々は認識するのでなくてただ我々の前に嵐があり、その中に我々もいることを知るだけである。

劇の筋からすれば或はこの荒野の場面が一つの頂点をなすものかも知れない。併し我々が或る一つの認識に達して眼下に世界を見る思いをするのはそこではなくてリヤが前に国から追放した娘のコオデリアに再会して自分はもう駄目な年寄りなのだからと言って詫びる所である。その言葉遣いが静かであるのは人間は誰でも真実であることを知った時に声を大きくしてそれを言う必要がないからでリヤが自分の本当の姿を覚ることでその姿をした老人が我々の前に現れるとともにこの正常な眼の働きが世界にも及んでリヤを通して我々も世界を見る。こういう言葉は役者が台詞を言うのを聞くよりも脚本で読んだ方が注意を惹くのではないかと思われる位目立たない。併しそれだけに劇場で聞いても効果があってそれまで嵐に劣らない勢でリヤを中心に荒れ狂っていた激情と奸計の渦が消え去ってそこに再び人間の日常がそのあるべき形を取り戻す感じがする。それは舞台をリヤの物語のものでなくてただの劇場の舞台と思わせるに足りる程の力があるもので又それ故にこの物語が我々の日常と地続きのものとして我々に受け入れられる。

一般に激情の渦というようなことが人間が最も生きている時の姿と考えられている。併し人間が実際に生きるのは認識することによってであってそれが一枚の木の葉に日が差しているのでも一人の老人が自分の我とそれが呼んだ嵐に翻弄された挙句に自分がその自分という人間であることを知るのでもその認識に達したものは息をつく。これを休憩と取って生きることと区別するものは生きることの基本的な形が我々の呼吸にあることを忘れているのである。その呼吸が乱れていてはこれに平常の調子を回復させるのに懸命である他なくてそれを怠っていれば今度は精神が乱れて来る。それで人間以外の動物はこのことを心得ていて余程烈しい運動をしない限りその脈は正調を保ち、これが保てないでいた後はそれをもとに戻すのに必要な処置を取る。それは絶えず脈、心臓の鼓動と相談で生きていることで従って平静であるのがその精神の常態であり、そうでないのが普通であるのは人間という動物だけである。

併し人間も世界での自分の位置、或は現状を確めるにはその精神が精神の働きをすることが必要でその実例に接して精神がその働きを取り戻すこともあり、そういう作用を我々に及ぼすのが例えばリヤの言葉である。それはリヤがコオデリアに言う言葉であって嵐の中で自然に向って人間の世界を叩き潰すようにと叫ぶのは単にリヤの激情の度を示すものに止り、それは嵐の力に匹敵してどれ程の嵐でも何れは去る他ない。凡て異常なことはそれがそうであるから目立つ。殊にリヤが荒野で嵐に会う場面のようなのは人間と嵐の区別が付かなくてその為に劇場の舞台に、或は脚本を印刷した紙に嵐が押し寄せるのであるから異常が壮大とか荘重とかいうことに置き換えられて一口に言えば人はいい気持で何かとそれに就て説をなして符牒を継ぎ合せることが出来る。併し再びそこから人間の日常に戻るならば嵐というのは新聞の記事を読んでも解る通り大きいものであればある程その中にいて説をなしたりしていられるものでない。

併し嵐は実際に起って人間の精神を見舞う嵐には狂気に導くに足りるものがある。又そのことにも正常であることの価値が見られるので異常が異常なものであるからこそ目立ちはしても異常と正常の違いが消失する時に世界を訪れるものは混乱と呼べるのがまだ正常であるような混乱であってそれは生きていて始めて迎えられる死でさえもない。まだ異常を何か珍重すべきことに思って深淵を覗くという種類のことを言っているものは地獄を知らないのである。併し地獄にいても人間は正常を保っていなければならない。或はそれを失わない努力を続けなければばならない。それで序でに考えていいのは正常を普通と見て誰でもが、或は自分という異常な人間以外は正常であると思うのは間違っているということである。もし正常であることを望むならばこれを脅かす異常がどのようなものであるかを先ず知る他ない。或はそうする他に正常の性質のみならずその価値を確認する道はない。従って又健全な人間というのも誰でものことではなくて健全はいつも病的であることと紙一重の所で保たれている。又その平衡が保たれている人間が健全なのである。

その関係は嵐と平穏の間にも見られる。又荒れている海と凪いでいるのにもそれがあって海と言えば風波が立つものと思うのは海というものを知らないからであり、その海が海の本当の姿を現すのは凪いでいる時であって風波が立つ海は洪水に竜巻が起るのと殊更に区別する必要がない。併し平穏と嵐と、或は凪いでいる海と荒れているのとその平均の度から言ってどっちが多いかは一定していなくて例えば南米大陸の南端でのように荒れてばかりいる海もないことはない。そして人間にも気違い、或はこれに近いものがいる。従って正常とか健全とかいうのも誰でものこと、普通のこととは限らなくてそれでも正常が普通のことと見られているのはそこに人間の本当の姿があることをこれは誰でもが先天的に認めているからであり、その正常が実際にはそれ程普通のことでなくて初めから人間に備わっているものであるよりも寧ろ努めて得るものである時にそのことも正常の価値の証左になる。

或ることを認識するというのはその真実の状態を知ることでその真実は正常と同じことを指す。その何れも対象のそうあるべき状態を意味するからでそれでここに言葉というもの自体が真実でも正常でも兎に角そのあるべき状態にいつもあるのでなければならないということが出て来る。或は言葉の方でそのことを知っていてそういう言葉というものの性質からしてこれを歪んだ形に組み合せれば体をなさず、その種の例を我々は我々の周囲に幾らでも見ている。そして言葉がその正常な状態にあるのはどういう形ででも或ることの正常な状態を表している時で言葉とそれが表すものはいつも同じなのであるからこれはそうならざるを得ない。又このことに即して明治以来の日本での文学の亡霊を祓うことが出来る。仮に文法には適っていてもその日本でのように言葉が用いられるならば人は驚き、或は場合によっては説得されて異常を真実と思い込むことになっても或ることを理解するということをするに至らない。何故ならば正常な言葉というのは必ず静かに働き掛けるものだからである。

又このことからも明治以後の日本での一時的でもの詩の衰弱を説明することが出来る。その間かなり最近に至るまで詩が一種の詠歎であるという見方が普通に行われていた。これはその詠歎ということの意味の取りようによることでもあるが詩は少くとも歎き悲んで涙に掻き暗れることではない。或は嬉しさの余りに浮かれたりすることでもなくて詩の言葉も凡ての言葉と同様に、又言葉を用いる上でも殊にこれを厳密に用いて或ることを精妙に全くそのままの状態で表すもので言葉の組み合せがその域に達したのが詩である。それは言葉が最も言葉である状態でもあって詩を泣いて悲むことと見るのはここで言う正常というようなことを平板と受け取ることの別な現れとも思えるが正常な状態にあるものがその通りに我々の眼に映るのを我々は平板とは感じない。これは正常な人間、或は人間が正常な状態にあることと同じ事情によると考えられて誰もがいつも正常でないならば我々の眼が正常に働くのも一般に信じられている程普通のことではない。

寧ろものが見えること、或ることがそれ以外の何ものでもない具合に眼に映るということはその瞬間に我々が世界で占めている位置もその世界も見えて来ることであってその次の瞬間にそれが掻き消されても我々は見たと感じて息も正常を取り戻す。又これがそれだけのことに止らないのは世界とかその世界にいる我々自身とかが喧騒の中では単に地球とか人間という動物の一種とかでしかないものとは違った実状にあるからでそこに歴史も時間も拡り、そこに曾ていた人間の記憶が我々のものでもあるものになって我々が遂に言葉を越えたもの、或は言葉がそのうちから生じるものの前に立つことになる。それならば眼に涙も浮ぶ。併しそれは眼を濡らすよりも心を満す涙であって詠歎や悲憤とは縁がない。これが詩の域に達した言葉が我々に及ぼす作用であってそれはその所謂、内容や意味を問わずその限りでは言葉が正確に指すのは常に一つの場所だとも言える。又リヤの言葉が示す通り言葉が詩の形を取らなくてもその用法を過たなければ我々をその場所の方向に持って行き、そこに少しでも我々を近づける。

併しこれは言葉とそれを用いるものに目立った特徴というようなものを求めるのが無駄な話だということでそれで最近までの日本での詩の状況に戻るならば詩人がその詩でどういうことを言っているかという種類の読み方をするものがあることで詩はあってもそれを読むものが少いことが理解出来る。一般に詩というものに就てそうした態度を取るのが難しいというのではない。例えばダンテの「神曲」ではそれがヨオロッパの中世紀の宗教観に基いての宇宙の構造を示したものとかパオロとフランチェスカの哀話が哀話であるとかオデュセウスをユダとともに地獄に送ったのは可笑しいとかこの頃の所謂、解説の材料になることが幾らもある。併しそのようなことはダンテという詩人が書いたことと直接には全く関係がないことであってヨオロッパの中世紀の人間にとって宇宙がどういう構造のものだったかを知るのにダンテの詩は正確を欠き、哀話らしい哀話ならばダンテでなくても書けて言葉の上でならば人を地獄に一人送ること位誰にでも出来る。

ダンテの詩もやはり詩である。そこでは地獄までが正確に地獄の形をして言葉で表されている為に我々の認識はそこを通り越してそれ故にその地獄も受け入れるのであり、それと同じ理由から例えばパオロとフランチェスカの話ならば、

Amor che a nullo amato amar perdona……

の一行で既に我々は或る彼岸に立っている。又それ故にそこにパオロもフランチェスカもその恋も現れるのでその上でなのでなければこれが確かに哀話であってもそれを言うのは意味をなさない。我々がダンテの詩を読んで或る壮麗な世界に遊んだ思いをするのはその随所に、或はその一行毎に或る実在する世界に我々の精神が向うからでこれは地獄、煉獄、天国の別を問わず、その天国が地獄よりも壮麗であるとは言えない。そうでなくて表向きは大昔の宗教観を語ったダンテの詩を今日の我々が読んで何になるだろうか。

併しヨオロッパの詩にはこうした叙事詩的な要素がまだ比較的に多くてそれでポオが出て来て叙事詩は詩でないというようなことを言わなければならなかった。所が東洋の詩はもしその東洋を言葉がヨオロッパのを凌駕して発達した支那と日本に限るならば詩が先ず詩であることが目指された後に詩であることだけが求められて漢詩で強いて叙事詩風のものと言えば阿房宮賦と長恨歌位しか思い当らない。又日本に至っては詩と普通に呼べるもので叙事詩の形を取ったものは先ずないようであってこのことも明治以後の日本でそれ以前の日本に詩がなかったと決めるのを手伝ったに違いない。寧ろ当時、又その後の状況からすれば日本のそれまでの詩歌自体がヨオロッパの詩以上に理解を絶するものになっていたと考えられてそれが丁度ここで触れた種類のダンテの詩まで別なものに受け取らせる事情によるものだった。西行はその歌でどういうことを言っているのか。その西行を明治以前の日本で詩人だったどのような人間の名前と置き換えても結果は同じである。

どういうことを言っているか簡単に、或は安易に示せないから何も言っていないのだと決めるのも妙な論法である。或はそこに論理が入って来る余地はなくて性急ということでこれは片付くのでヨオロッパに文学というものがあるということになった当時の情勢からすればその情勢自体が性急ということに尽きる。併し一般の傾向では今日でも明治以前の日本に詩がなかったとするこの考えは続いていると見られてその原因も明治、大正の頃と変りはない。日本の詩が詩でなくて和歌、連歌、謡曲、俳諧と呼ばれているのでそれが詩であることに気付かずにいるという皮相な事情も根本的にはその日本の詩がそこで詩人がどういうことを言っているか今日の解説風に列挙するのに恰好な材料を提供するものでないことから来ていて花鳥風月という便利な言葉を頼りに日本の詩、或は詩でなければ和歌その他が花鳥風月を扱うだけであるから取るに足りないと思うのも同じ見当違いな尺度による。勿論ヨオロッパの詩で花や鳥や風のことは扱われていない。

それでいて純粋詩という言葉を日本で使うものがあるのだから何となく歯軋りがしたくなる。その純粋詩というのがあり得ないものであるのは言うまでもないことでもし詩が詩である以上に純粋になれば消滅する。併しその原語であるフランス語の poésie pure を pure poetry と英訳すれば少くともこの観念の背後にあったものは理解することが出来るので要するにこれは詩を書く積りならば詩を書くべきだということに尽きる。そしてそれは東洋で殆ど詩の誕生と同時に行われることになったものだった。そのことで叙事詩的な要素の欠如も説明出来る。そこでは詩が先ず言葉であることが認められてその言葉の働きに詩を作ることの一切が集中することになった。例えば漢詩の平仄という世界に類を見ない緻密な作詩法、又日本の連歌の規則、或は新古今の頃に完成した日本の歌論が何れもそのことを示している。序でながら詩が言葉であることはヨオロッパでは今日でもまだ部分的にしか認められていない。

そしてヨオロッパでも詩が言葉であること、要するに言葉を用いてすることは凡て言葉の領分に止るものであることが全面的な支持を得ていないのはそれではそれが人間にとって何の役に立つという懸念がそこに生じるからである。確かにそのように考えれば詩は何の役にも立たなくて教訓を与えるにも同じ目的が他の方法で遥かに有効に達せられることもポオが既に指摘している。これに対して詩は言葉であってもそれでいい気持になれるとか情操とか、その言葉は違っても結局はいい気持になれることを挙げて言葉である詩を弁護するのが普通である。併しいい気持になるにも他にもっと増しな方法があってそれでも詩では或る特殊な具合にいい気持になれるということに突き当る時に問題はそこを離れる。そうした気持になるのは人間の本性に即したことをしているのに伴う快感で例えば生きるというのもそういうことの一つであり、もし死を迎えてでなくて生きているのがいやになったものはそうすることで人間であることを放棄するのである。

その他にここで繰り返して書いて来たことがある。それがその他にであるかどうか実際には解らなくて我々が生きているというのは医学的には仮死の状態にあっても生きているので生きていると感じる時に我々は自分が生きている場所を思う。もしどこにいるのか全く解らなければ医学的には生きていても我々は迷ってどこにいるのか考えもしないでいる状態が暫く続いても同じことが起る。これは人間以外の動物にも認められることで例えば鮫が水族館で飼い難いのはこの事情によるものと思われる。その鮫を再び海に放せば生気を取り戻してそれが海豚のような高等な動物、或はそれが象であってもこういうのはその周囲に相当な変化があっても自分が実際にはどこにいるのかを知っているのではないかとその眼付きを見て考えることがある。併し人間は言葉の他に頼りになるものがない動物であってその上に自分がいる場所と言ってもそれが住み馴れた場所というような意味でならばそれだけではまだ足りない。

やはり自分がいる世界ということになるだろうか。そこに形而上学的なものを何も持って来ることはなくて自分がいる場所というのが場所というものの一部でしかないことが解っているので他の場所との繋り、又そこから場所というものの全体が頭に浮び、これは空間に限られたものでなくて時間に亙るものでもあってそれを世界、或は我々人間の世界と呼ぶ他ないならばその世界での自分の位置を知ることを我々は望んでそれを知って我々はそこでの自由を得て生きる。それを知らせるのが我々が何かの形で接する言葉、我々自身が用いるのであってもなくても正当に用いられた言葉であって言葉にはそれが的確に表したことを通して同じく的確にこうして世界と人間に就て語る作用が必ずある。我々がリヤとともに世界を見るのに我々自身が無力な老人になっている必要はない。或は鴫立つ沢の秋の夕暮れは或る特定の時刻に詩人の眼に映った或る特定の場所であってもその言葉に接しても我々は詩人とともに世界を見る。

日本の和歌が短歌と呼ばれることになったのが長歌に対してなのか実際にこの形式を短いと思ってなのかまだ人に聞いて見たことがない。併し和歌を短い詩の形式とするのは一般に行われていることのようでこれは字数を数える他に和歌というものに用がない人間が多いことを示すとも言える。凡て詩の形式は詩を作るのに用いられる言葉の性質によって決定されるので日本語の性質に即して生じた和歌も詩の形式、言葉が詩であって取り得る一つの形式であって一篇の詩に長いも短いもない。寧ろこれは前後に響があることが条件の一つになっている稀な詩の形式であると思われてこれには例えば見渡せばの句で始る後鳥羽院の幾つかの御製でこの句が必ずそれまでにあった言葉の後を受けてその響を留めている印象を与える事実を挙げてもいい。併しここで和歌のことを持ち出したのは日本風、或はかなり最近までの日本風の考えに従えばそこで何が言われているかが問題になるのであってもこの前後に響があることが条件になっていることからも察せられる通り和歌が詩であるか言葉をただ並べたものであるかの何れかでしかあり得ない形式でその中で詩であるのは言葉が言葉である時の状態をこれ以上に見事に示しているものはない感じがするからである。

その例は一々挙げるのに多過ぎる。併しそういう和歌の場合、言葉の究極の働きを詩人が察してなのか日本の詩の伝統に安んじて無意識にか一篇が出来上ると同時に世界でその詩人が占める位置も決ってそのことは詩人も意識しているようであってそれ故にそこで歌われている山も川も、或はそれならば花も鳥も月も世界の像を帯びて我々のうちにその影を落す。そして言葉がそれ程精妙に用いられればその語調は静かに響く他なくて更にこれはそのうちに風波の轟きを蔵することを妨げない。もし海が凪いでいる時に最も海であるならばそれは風波が静った海でもあるからである。又こういうことを言うことでもし和歌が詩でないような印象を与えるならばその反対にそれが詩というものなのでダンテの「神曲」も或はヨオロッパの他のどういう詩もそれが詩である限りでは例外でない。ただ我々の方で日本の詩の黄金時代が一先ず終った後に詩に就ての考え方が多少の混乱を来しただけである。

こういう和歌の言葉を思い浮べることで文章一般に就ても教えられる。我々が詩を作る為に言葉を用いることは寧ろ稀であって普通は何かを人に伝えるのが目的で字を使って書くということをする。併し言葉の用い方にそう幾通りもないというのではまだ不正確で言葉というのがただ言葉というものであるだけである時にその用い方も一つしかなくてそこに違いが認められるならばそれは目的によって言葉をどの程度に正式に、厳密に用いるかで多少の手加減をすることが出来るということに止る。それも程度の問題であってその用い方が詩を作るには放漫であり過ぎても何かの意味をどうにか伝えるにはそれで間に合うという種類のことに過ぎず、その点からしても人間が言葉に向う時は目的が一篇の詩でも一連の報告書でも或は新聞の記事一つでも言葉に又言葉を使う仕事に向っていることに掛けて根本的には全く変りがない。そのことによって文章がどうあるべきものであるかということも我々は知ることが出来る。

ただ正確に或ることを言葉で表すにもその際の言葉の用い方は詩人から、或は詩から学べるのでそれは対象をこの上なく正確に表した結果が詩だからである。ただそのような正確は既に精妙の域に入っていてそれ故に後鳥羽院や定家の詩では花と言うだけで花が世界の像を帯びる。併しそこまで行かない正確でも言葉は言葉でなければならなくてそのことで我々が今日まで馴らされて来た目立つ言い方や特徴がある言い方というのが言葉に言葉でないものを付け加えてそれで実際に何かを言葉に加えることが出来たと思うことであることを漸く明かにすることが出来る。実際にというのはどういうことをしたと思ってもその結果は言葉がそこにあるだけで言葉でないものは直ぐにそこから剝げるからである。その懸念から言葉数が多くなるということもあり、その挙句には言葉が離散して後には何も残らない。そうした努力の空しさを償う唯一のことはそれで金が稼げるということで従ってそれも償いにならない。

力強い言葉というのがどういうものであるかを考えて見る必要がある。それは例外なしに静かな語調のものでこれは努めて控え目に言葉を使うのでなくて過不足なく対象を表す言葉を探す結果が過不足ない言い方になるのであり、その形で言葉で表されたものはその言葉とともに、或はその言葉になって我々に語り掛ける。我々が本当に何か言いたければ言葉そのものの性質に従う他ないのである。

無駄を省くこと

前は目立つことを望んだものだった。その頃はそれを目立つという風には考えなかったにしても誰も前に言わなかったこととか自分に独特の境地を見付けることとかいうことが頭にあったのであるからその為の努力が目立つことを求める形を取ることにならざるを得なかった。そしてそのことに成功したのではないとともにそういう考えでいたことの理由に就ては自分を動かした言葉の凡てが斬新で独特の境地を示すものに思われたということがある。又それが間違っていたのでもなくて人を動かす言葉というものは常にその前にそのような言葉はなくてその言葉という特有の条件の下に世界がそこにあるという印象を人に与える。併しまだその頃は新しいとか特有とか独特とかの意味がよく解っていなかったと考えられる。例えば誰も前に言わなかったことであるから新しいというのは寧ろ実状の逆であって我々に新しいと感じられる言葉は他の言葉を我々に忘れさせるからその言葉だけになるのであり、それ故に何度繰り返されたことでも人がそれに動かされる毎にそれは常に新しい。又独特の境地というのも確かにそこにあって疑えないものから我々がいつも受ける印象であってそれしかない境地というのならば我々にとって疑いなく存在するものは幾らでもある。

併し独特のことや新しいことをそれしかないということと混同するのは普通のことであってこの殆ど怪まれることもない錯覚から生じるのが異常なことの尊重である。例えばポオは詩や文章の目的が美の表現にあるという前提を決めて美は新しくて人を驚かすものであるから人を驚かす手段を講じることで美を得るのでなければならないとして異常であることが特徴の一連の短篇を書いた。ポオ程の頭脳の持主が異常であること以外に人を驚かす方法がないと考えたとは思えない。従って異常を目指したのは一つの試みだったと見るべきで異常を選んだことにこの試みの限界があった。それは繰り返しを許さない。或は読む方では少くともそのことは明かであってどれだけ異常な筋であっても何度か読むうちにはそれはただその筋になり、それでもその短篇を読ませるのは異常とは別なものであってそのことにまでポオはその文章論で言及していない。ポオの功績はそれよりも一般に言葉の問題をそれとは無関係な各種の案件から切り離して言葉の問題に戻したことにあってこれは今となっては多分に不備とも思えるその詩論に就ても同様である。

併し新しいことを望むのと新しいものはその新しいものしかないと考えるのと異常の結び付きは小説の材料に限ったことでなくてこれに異常であることは正常であるのが普通であるから異常であるだけで少くとも珍しいと見ることが加れば価値があることを望むのがそのまま異常に向うのは解り易い心理である。併しそれ故にこれが当を得ていることにならない。先ず異常であるのを珍しいことと受け取るのは通り一遍の検討にも堪えないことで異常なことには一つのあり触れた性格があり、それに馴れて来れば異常なことはその性格で一括することが出来る。例えばスペインでお祭がある時の見せものに五本足の羊が陳列されたりすることがあって五本足は異常であるが我々がその時に考えるのは羊は四本足が本当だということである。これは轆《ろく》轤《ろ》首でも一つ目小僧でも同じことなのでただそれが何かの仕掛けがしてあることが解っていることから実際の異常の例に五本足の羊を挙げた。併し細工をしてまで異常を求めることが行われるのを我々は始終見ている。

正常であるのが普通であることになっているのも検討の余地がある。それは異常を珍しいとするのと同じ程度にであって病気は凡て体が異常を呈することなのであるからそのことを思っただけでも異常が珍しいというのは意味をなさない。併し病気には我々人間が馴れているからというのならば我々が馴れている異常とそうでないのと二種類あるというのだろうか。例えば五本足の羊、或は飢饉その他の天災地変、或は飛行機の事故はそれが見られる回数が我々が風邪を引いたりするのよりも少い。併し異常ということで一括すれば我々の周囲で目に止ることは正常よりも異常であることの方が多いようであり、それに共通の性格も五本足の羊から風邪を引くことに至るまで変りがない。それは我々にその反対である正常の状態というものを思わせることであって多くは、或は例外なしに我々はそれを思うだけでなくてそれを望まずにいられなくなり、それが我々が正常な人間であることの保証でもある。

そのことから次に正常であるのが珍しいことか普通かということを考えていい。それに就てはもし正常であるのが珍しいことならばその観念が失われる筈だということが頭に浮んでも丁度その点に正常であることの一つの性格が認められるようであって普通であることが既に何の変哲もない意味で正常であることを指し、そうして普通であるのが必ずしも普通のことでなくてもそれで我々が異常と正常を間違えることはない。そこには我々が或ることに打たれて感じる新しさをその新しさの面だけから見る狭量を越えたものがあり、このことに即して誰もが正常であるかどうかという種類のことよりも何の変哲もなくて普通であることが一つの動かせない基準の形で我々に与えられていることの方が重要であると思われて来る。又それがその通りに動かせないものであることが言葉で表された時にそれは常に新鮮に我々を揺すぶってその新鮮は言葉で表されたことと一体をなしている。

併しこういう根本的なことは注意を惹くことが少い。それで例えば発見ということに実際以上の価値が認められることになるのでそれまで解っていなかったことが解ったというのがその出発点になっているのであるが誰にも解っていなかったことならばそれは事実、物質の領域に属することを出ることがなくてそれで解ったことには事実、物質の限界がある。併しそうした科学上の発見と同じ種類のことが精神の分野でも出来ると思うことから新説をなすということが一般に目指されてそれをなすに至らなくても異を唱えてそれまでのことがそうあるべきでないとする新説をなす時の姿勢を示すことが試みられる。その新説ということ自体が多分に怪しいものであって誰も前に言わなかったことが言いたくても凡ては既に言われたことに就てジイドを引くまでもない。又誰も前に言わなかったことであるから尊いのでもなくてどのようなものでもがその正常な状態にある際の姿を表した言葉は常に新鮮に響き、これは繰り返して表されて来たことで今日になってまだ誰も言わなかったことを言うものがあるならばそれを先ず邪説と見做して差し支えない。

それでもそれが何かであるという印象を一時的にはそれを言ったものまでが受けることにもなる。又その印象を持続させるにはそういう誰も言ったことがないことを言う意識を強めて行く他なくてこうしてポオ風の小説の材料に限らず一般に言葉を用いることが異常の方向を辿り易いのはやはり根本のことから眼が逸れている為と見られる。併しもし逸れていなければ初めから異常を新鮮、或は独特と取り違えることもない訳であって根本が無視されている時に正常と異常、新鮮と珍奇を区別する基準もない。それで賑かな状態が出現して表面のことだけに話を限ればそれが今日の我々の周囲にある。併しもともとこういうことは表面で行われているだけのことなのであるからそう断る必要もなくてその方に眼を向ける時に賑かというのでは足りなくなる。まだしもポオの小説では異常ということが初めから計算に入っていて異常は承知の上でその効果を収めることが目指されているのであり、それを果す為の言葉の用法は的確を極めているからその効果は異常ということさえも我々に忘れさせる。

併し新鮮を目指して異常に陥ればその意味でも自分が言っていることの異常に気付くことは

ない。それだけでなくて独特であることを望んで一つの説をなすのは少くとも意識の上では自分の説を真に受けているのであるからその説が畸形の度を増して行くに従ってその人間の日常での頭の働き方も畸形であることを増して単に異常と独特を混同したことから異常な状態に常住する一人の人間がそこに現れる。そしてこの傾向が怪まれもしないでいる時にそれは一人の人間だけのことでなくて畸形が畸形と重なり合ってその言葉が流布することで正気と狂気、平静と錯乱の見境が付かない輿論というのは過分であっても一種の風潮のようなものが生じてそれが理性とは没交渉のものであるからこれを言葉を用いて反駁する道が封じられている。それに近いもので我々が時々聞かされる自分は考え方が古いのかも知れないがというのはこうした乱雑に匙を投げた人間の嘆息とも受け取れる。

従ってこうした状況は言葉の用法自体に跳ね返って来る。「アッシャア家の没落」を書いたポオと違って何か変ったことを変ったこととも思わずに、或は変っているのが本当であると考えてそれを言うのに懸命であれば言葉を言葉そのものと見てこれを用いるのも寧ろ普通であって型に嵌ったことに感じられてそれよりも言葉も変った具合に使うことが心掛けられる。又その際に言葉を言葉と見る以外にこれを用いる方法がないことも忘れられる。併し詩は言葉の動きを察してこれに従うことで一切が決る言葉の一つの形式であって散文はその他に何か言うべきことがあってこれを言う目的というのが言葉の動きに加えられたものであるのに対して何か言うことがあるのとは別にそれが独特のこと、要するに変ったことであることが求められるならばこの言葉とは全く縁がない条件が付けられることだけで言葉はそれが働く場所を失う。我々の眼に触れるもので文章であることになっているものの多くが単に紙に並べた活字で終っている理由の大半はそこにある。

その独特ということに就ても改めて考える余地がある。どういうことを指して独特と呼ぶかは説明するまでもないことのようであるがそれが必ずしもそうではなくて独特ということを検討して行くうちにそれが或ることの内部に立ち入ってでなくてそれを外から見た結果であることに気が付く。例えば我々の命が独特であるにはそれが我々にとって死ぬ時まで不可欠のものであることが我々に解り過ぎている。そして言葉にもその命があって我々が親んだ文章を独特のものと感じるのはそれに親んだ際のその作者との対話で得た人間とか人生とかの普遍的なものに就ての交感を忘れてその文章を突き放してこれを他の作者のものと比較しているのである。その意味では同じ文章が二つある訳がない。併し独特というのは一般には類を絶するということも含むものであって独特を目指すものが考えているのもその独特であり、そのことでそうした心情の空しさ、又はその貧困が明かになる。

我々にとって疑いもなく存在するものは幾らもあると前に書いた。それが命でも人間でも人間の世界であってもそれは何れも我々に勝手な解釈を許さなくて一口に言えばそのどれもが自明のものである。又それは我々の頭に絶えずある対象でもあって何か言うこと、従って又何か考えることがあるならばそういうものに就てであり、それに就て俗に独特と呼ばれる類を絶したことを言ったり考えたりするということはあり得ない。或はもしそれが試みられるならばそれは実状から眼を背けてのことであってそれでも構わなければ独特なことを思い付くのは容易であっても俗な意味を離れるならばそれには独特以外の色々な言葉が当て嵌って要するにそれは信用するに価しない。そこに活字の領分で我々が大分前から馴れされて来た貧困も饒舌も狂躁もある。既に自明であることに就て誰も前になさなかった説をなすことを試みればそうなる他にどういう結果も考えられないとも見られる。

併しそれで改めてこの頃活字になっていることに就て気付くのはそこでは命とか人間とか言葉とかの我々にとってなくてはならなくて自明であることが殆ど扱われていないことである。又それは自明であるから扱う必要がないとされているのでもなさそうであって自明というのはその自明であるものが明かにその形をしてそこにあることであり、それで山も海も人間やその命とともに自明のものであってそれ故にそれに就て頭を用いることはないことにならない。何かそこには考えるということとそのものに就て誤解があるのではないかという気もしてこの行為の対象になるのはそれが我々にとって不可欠のものであるので我々がそれに日常親み、それが従って絶えず我々の頭にあることであるからそれに就て考えもするというのが正当であると思える。又それは自明にそこにあるものであるから独特その他の勝手な判断は許されない代りにそれに親むということを続けることでそれがある一つの普遍の状態に遂には自分の考えも達する。

そうすると併し考えるというのは自分が自分を相手にすることとなのでその対話の結果も言葉の形を取り、その言葉が他人に伝わるならばその人間もその対話に加ってこうした人間の言葉が人間のうちで広められもすれば受け継がれもするのが考えること、言葉を用いることの常道である。所が誰も前に言わなかったことを言うこと、独特であること、従って又延ては異常であることを望むのは初めから他人に対する効果を意識してのことであって他人というこの人間の銘々にとって遂に不明のものが入って来ることで自分が考えることもそれだけ不確かになる。又その働きをするのは他人が不明のものであることだけでなくて他人に向って説くのが目的であれば他人にとっても実在するものに触れるのはそれに就ての他人の意見と衝突する危険があり、これは自分にとって実在するものに自分も触れずにいることであってその実在するもの、自明であるものが考えるということをする時の基準である筈である。

それ故に考える材料にも不確かなものが選ばれる。例えば言葉は疑いなくそこにあるものであるが詩は言葉から切り離してこれに就て説くならば或る人間の行動に詩があるというようなことも言えないことはなくてそれで詩が言葉の別名であることが今日では忘れられているのではないかと思われる具合に詩に就て何かと説かれる。併しこれはただ思い付くままに挙げたので詩ではまだ人の注意を惹き、自分でも独特である思いをするのに充分でないからもっと恰好な材料が他に求められて又それにこと欠くこともない。我が国で説かれる政治というのが政治そのものと凡そ掛け離れたものであるのはその説をなすものの政治に対する無智と一時的な風潮から所謂、前衛的な調子が好まれることから来ると曾ては思っていた。併し仮に或る程度はそういうことがあっても一般に説をなすということに初めから含まれていると見られるこの独特であることに対する執着からすれば我が国での政治論がその形を取ることのみならず材料が政治でなくてもそうした政治論と選ぶ所がないどこか宙に浮いたものしか我々の眼に触れないのは別に不思議なことではないかと考えられる。ここで政治論が一つの型を提供するのは政治も疑いもなくそこにあって働くものなのであってもこの政治という説をなす為の材料にもなるものの材料が広範囲に亙っていてそのどれに就ても政治と関係がないとは言い切れず、その強味でそこから話を論者に都合がいいどういう方向にも持って行けるからである。それは独特な境地に遊ぶ気になる方向も取れる。

その結果として政治に就て何か言えたことにならないのは独特に対する執着からすれば問題ではない。そして奇妙にも思えるのはそれを受け取る方にとってもそれが問題ではないらしいことでそれならばこれも真実よりも独特であることを期待していることになる。それが面白いことを言うという表現で示されるのだろうか。一方では変ったことを言うことを心掛けて一方では変っていることが自分が受け取る言葉の目安である以上もしその為に用いられる言葉も言葉と呼べるものならばその領分はそれと一体をなすべき場所から益々離れて行くばかりであって何からの遊離というようなことは説をなすことが独特であることと承知された時に既に始っていたのである。又その他に日本で活版が普及してからの活字の氾濫を説明する方法が思い当らない。何故ならばここで言っているような意味で独特であることは実際にものを考えて言葉を用いるのよりも遥かに容易だからである。

併しこれはその為に犠牲を払わないですむことではなくてその中でも頭を正常に働かせて考える習慣をなくすこと程大きなものはない。そしてこれは頭を正常にではなくて独特に働かせた結果を受け取る方にも当て嵌ることで言葉を用いるのでもそれを受け取るのでも言葉に出会って何か普通でないことを期待することから言葉を用いて考えるのでなくて言葉でするのがどれだけ大真面目にでも一種の遊戯に耽ることであることになり、それが独特とか穿った解釈とか先駆をなすとかいうことで誰も遊戯であることに気が付かないでいるから始末が悪い。従って人間にとってなくてはならないものである言葉がその限りではその用途を極端に縮められて言わば大手を振って用いられる言葉はそういう言葉ばかりの一つの領分をなすに至り、これはただその言葉の領分であってそこでどのような説がなされてもその説とその対象である筈のものは初めから縁が切れている。今日の日本で説をなす対象になることを思い付くままに並べて行けばそれが政治、文学、社会という風なことになる。その中にそれ程に通俗的には経済が入って来ないのは経済には数字が付きものであるという難があるからであるが別にそれで経済が損をする訳ではなくて政治、文学その他の部門が説をなす対象に取り上げられてもそれで政治その他が実際にそこで扱われるのではない。

本当のことを言うことであるよりも寧ろ本当はどうなのかに就て考えることは変ったことを言うのとそれ位掛け離れている。それは或ることがそれがあるがままにある状況を言葉に直した時にその言葉が変ったものだったり独特だったりするという保証はどこにもないからで言葉を用いるものはその何れかを選ぶことを迫られる。その上に真相を言い当てた言葉は多くは何の変哲もないものでただその度に、或はその言葉の形をしてそれが語り得た対象とともに我々に向って直接に響くものがある。併しその響に耳を傾ける用意がないならば変ったことの方が受け取り易くてもとは誰も前に言わなかったことが目指された筈なのがその後の推移で誰もが変ったことを言うようになった。或は少くともそれが一様に心掛けられている。その方が容易であるということもあるに違いないが再びそこから初めに戻って独特であること、誰もそれまで言わなかったことということに就て考えて見るならばこのように拠りどころになることがなくてその誰も前に言わなかったことに至っては先ずある訳がないことが目標である時は容易なのでなくて苦心を重ねた挙句に手に入れるのも変っている程度で終っていることである他ない。従って型を破ることを望んで始められたことがその為に型に嵌る。

それならば言葉を用いるということに就て初めから誤解があったとも考えられる。これは或は印刷技術の発達と切り離せないことかも知れなくてそれまではせいぜい版木を切って本を刷ったのがそれと比較にならない部数が遥かに簡単に市場に出せることになればその本を買う人間、読者というものが自然に意識されて来て自分が書いた本にそれを買った数だけの読者がいることになる。実際にはそれとそれ以前で読者と作者の関係に変化が生じたのではない。併し例えば怒濤の売れ行きというような広告の文句もこの売れた本の部数が与える印象の性質を示していてそれだけの人間が読んだ本を自分が書いたと思うことは書くこと、読むことの意味を取り上げて見たことがなければその本を書いた人間に多少の影響を及ぼすことが想像される。例えばその自分が何かであるというような気がすることにもなる。それならばそういう人間には独特なものがある筈だと自分でも考えるに至れば再びそれが変っていて型に嵌ったことを言う契機になる。

併しそれ故にこの作者と読者の関係というのは検討を要する。そのことで先ず誤解が生じるのは仮に一万部の本が売れてそれを一万人の人間が読んだと計算する時にそのことからそれが三千三百部売れた本よりも三倍読まれたと考えることで読者と作者であるよりも言葉というものの性質に就て少しでも知っていればそのような考えが通らないことに直ぐに気が付く筈である。その言葉というのは或る一人の人間が発して別な一人の人間がそれを受け取る。実際にはそれを発した人間もそれを受け取るのであるが発するまでの操作がそれを発した際にそれを率直に受け取るまでにその人間を自由にしていない。それで別な一人の人間がそれを余計なことに縛られずに受け取る。そしてそれは何百人、或は何万人かの一人ではなくてその一人の人間なのであり、そういう一人一人の人間が何人いた所でこの言葉を発したもの、これを受け取るものの間に成立する対話の関係に変りはない。それは何故ならば受け取る方でも相手に問い掛けてその答えを相手の言葉に求めるからである。

これは精神の世界での事件であって従ってその回数は事件を大きくも小さくもしない。もし三人の人間が悲むならばそれが同じことに就てであってもその悲みが三倍になるだろうか。或る言葉を得るとか又或る言葉に動かされるとかいうのはその意味で数字の問題と別箇のことで更に歴史、伝統、文明というものを考慮に入れる時に或る一人の人間が或る言葉を得たとか或る言葉に動かされたとかいうのもどこまで正確に、厳密に言えることとか解らない。我々の精神と見做されているものが我々自身だけのものだろうか。又従って本が読まれること、本を読む人間がいるということと本の売れ行きを結び付けて考えるのも気が早い話で何百年かたって一冊の本がその読者を得るということもある。又一冊の本が出た直後に読まれてもそれが読まれなかったことになるものではない。我々が忘れてならないのは言葉というものが人間の精神と同様に人間に共通に与えられたものであることでそれ故に我々は言葉を発することも出来れば
それに動かされることにもなる。

この真実の正反対と認められるのが誰も前に言わなかったことを言うのを望むことであって
その奥には自分が得た言葉は自分だけのものだという考えが覗いている。併しこの過誤の性質
を詮索するよりもその結果に就てまだ考える必要があって言葉が或る一人の人間のものでない
ことが解っていながら自分が言ったことは自分のものであると見ることに執着するのはそうす
ることで言葉を共有する人間の世界から自分を隔離することであり、それでその望む所の独特
とも特殊とも見られる状態に自分を置いた人間はそのことでも異常に向う。又そのことを自分
で確認する為にも変ったことを言うのが言葉を用いる目的になってそれが変っているのでなく
て自分の言葉であることでその言葉を測る尺度も既に自分にはない。この頃活字になることは
解らないというのはその考え方が古いのかも知れない人間の嘆きでなくて単なる事実の指摘で
あってそれを弁解する必要があるのは相手の方である。

併しそれでも変った言葉が重ねられて行くのは道に迷った時には迷った地点まで戻らなけれ
ばならず、それをしないでいれば迷い込んだ道の方が正道に見えて来るからである。今日の我
が国で外国の細かいことまで取り上げられるとともに外国のことが殆ど知られていないのも迷

夢がまだ続いていることを示している。その外国は変ったことの種を提供し、その限りでは絶えずその方に眼を向けていなければならなくても外国も変っている為に外国であるのでなくて日本と同様に歴史も国民もある国であるからその正常に国をなしている外国は注意を惹かない。恐らく日本でのように外国の末端の作者達が読まれている国はないに違いない。併しその末端の作者達も外国ではそれぞれの国の伝統に繋っているのである。所が変っていて独特であることにとって伝統というのは意味をなさない。或は少くとも変っている人間の立場からすればそういうことになる。

こういうのは凡て無駄なことなのだというのがこれを書いている趣旨である。それならば初めからそのようなことを並べてその無駄を指摘する必要はなかったことになりそうであるが無駄なことが逆になすべきことの一切と考えられて実際になすべきことの邪魔をしている時は無駄な方を一括してその性質を指摘しなければ話をなすべきことの方に進めることが出来ない。それ程までに印刷術が発達してからか何か我が国では無駄が蔓って堆積して行ったのである。併しそれでこれからそのなすべきことに就て語る積りなのでもない。これも独特であることが目指されて以来何かの形で絶えず語り続けられたことで我々がどういうことをなすべきかに就て説かれたことを繋ぎ合せればかなり奇妙な選集が出来上るものと思われる。それよりも独特の観念の根本にある自分は他の人間と違っているという意識、或はその意識を持つことに対する欲望に就て考えて見たい。

その欠点が先ず目立って、もし自分が他の人間と違っていると言える程違っているならばその一歩先には自分が人間でないということが待っていてそのことで人間に就てどういうことを考える道も封じられる。そしてそれが違っていると言える程優れた人間であるということであるならば自惚れに就てここで考えることはない。併しその意識が言葉を用いることの邪魔をすることは言って置く必要があってそれが一般にはそう考えられていないならばなお更である。この言葉を用いるというのを読むことに解することから始めて我々がある言葉に打たれるというのは打たれるのが自分でありながらその自分はその時そこにいない筈である。或はその打たれる自分は打たれるからそれが自分であると僅かに意識されるものであってそれが他の人間の場合でもそういうその人間の自分であることが充分に想像される。又それは想像に止ることでなくて言葉の働きを素朴に受けている我々はそこに凡ての人間を見ることが出来る。

言葉に幾通りもあるものでなくてこれと同じことが我々が自分から言葉を用いている際にも当て嵌る。その時に自分が何かであるというような考えが頭にあって言葉が探せるだろうか。それよりもその自分というものが言葉を用いるのに邪魔になって邪魔であるなしに拘らず自分が求めているのがどういう言葉だろうかとそれを探しているうちには自分というものが消える。その自分がその時どこにいるかというようなことに頭を使う必要はない。遂には自分がその前に置かれた一切に対して働く一つの意識以外のものでなくなって言葉という人間が共有して又共有することでどの人間もが寄与して来たものの世界に遊ぶのにその意識さえあれば充分である。或はその他のものは凡て余計である。我々が言葉というそれが人間に与えられてからこの方人間が用いて来たものを自分でも用いるには我々もその人間の一人にならなければならなくてそれは人間というものになることであって人間から無駄なものを去った時にその人間が残る。それ故に有効に用いられた言葉はそれが誰のでも我々に語り掛ける。

併し言葉を用いるのが我が国での例でも解るように自分が消えるのとは逆に自分を何か特殊なものと考えるのと結び付くことがあるのに就てはもう一つ、これも錯覚ではあっても言葉を用いて説をなすのが世の為、人の為、要するに有益なことに思うということが働いているのも認めなければならない。そういうことになったのは聖賢の言葉とか不朽のどうとか古典とかいう具合に言葉を用いること、或はその結果を高く買う見方が実際に行われているからでそれが必ずしも根拠がないことでないならば次にはその根拠の性質に眼を向けることが必要になる。例えば橋がない所に橋を掛けたり人の命を救ったり人が知らないことを懇切に教えた本を書いたりするのは有益なことである。併しそれならばその意味で古典のようなものは人に何を教えるのか。プラトンがその共和国から詩人を追放したことは誰でも知っている。そしてプラトン自身が詩人でもあったのであるから詩が何であるかを教えられる必要はなかった。これはプラトンが有益の意味を知っていたことになる。

それを為になることと解するのが一番当っているかも知れない。従って空腹の時に何か食べるのは有益なことで食べものそのものが有益であるとは限らない。要するに為になるというのは常に一つの手段であってそれによって一つの目的が達せられてもこれが達せられた後はその為に有益だったこと、又その意味での有益の観念が用をなさなくなる。併し我々が有益ということに重きを置くのも解るので目的を達するのが我々にとっての一切である訳がなくても我々は栄養とか照明とか交通とかいう何かの方法で達せられなければならない目的に囲まれて生きていてそういう目的も我々が我々である為の手段に過ぎないことにも気付かなくなっている。併しそれがそういう手段である時にその栄養その他を有益と見るのは間違っていない。それでその手段を用いて目的が達せられた後のことになるのでそれが達せられさえすればいいのではないというのはそのことである。我々がどこにでも行けて何でも食べられてということになった所でそこに我々というものはない。

これは見方次第であるが我々とともに常にあるもの、又常にあるものではそれしかないのが時間であって我々が一つの目的を達したのでも達しつつあるのでも又達することが出来ないでいるのでも時間はたって行く。我々が目的というようなことを離れて自分が現にある状態を見据えるにも時間が我々とともにたって行くのでなければならなくてそれが物理学的な時間、或は時計の針を見ることから受けるのに我々が馴れさせられて来た印象でなくてただ我々とともにあるものに感じられるに至ってそこに我々がいる。それを充実と呼ぶことになっているのであってもいい。これをどう呼ぶことも出来て充実であるよりも虚脱であるかも知れなくてその両方でもあり、それをどう考えようと精神はその時に最も自由であってその場所を得ている。又従ってそれは静止していない。もし精神の活動に何か期待するものがあるならばこの状態にある精神が活動するのでただこれを有益と見るかどうかということで話が難しくなる。

そのことをそのまま言葉を用いることの方に持って行ってもいい。もし何かの為になること、従ってもう少し厳密には何か為になると認められていることの為になることが有益であってそこに目的と手段の区別を立てるならば言葉を用いるのはその種類に属する行動の埒外にある。我々は何かの為に言葉を用いると一般に考えられている。それは一部ではその通りであって或る意味を人に伝えるだけのことならばその為にも言葉は用いられて従ってそれは符牒で置き換えられて差し支えないことには既に触れた。併しやはり前に言ったことを繰り返して或る種の状況はその意味というようなものを越えてその状況であることがあり、これを伝えるには人間に言葉しかなくて人間はその言葉を探す。併しそうするとそれはその状況を伝える為に言葉を用いるので言葉はその時に手段だろうか。それならばその手段を用いて達せられた目的はということになって我々は言葉に連れ戻される。

詩ではどのような状況が伝えられることになるか言葉が我々に教える。併し初めから何かを伝えるのが目的の散文でもその目的であることは言葉を得てその形を次第に取って行くので通俗的に意味とか内容とか呼ばれるものを言葉にするだけのことならば文章を書くのに苦心することはない。この時に言葉を探すのは伝えるべきことを表す手段を求めているのでなくて言葉を探してこれを得ること自体が目的なのであり、この目的が達せられるのが重ねられて行って伝えるべきことが完全にその形を取る。それで比喩を絵のことに借りて絵での線はその絵の一部をなしてその全体を描き出すのに一役買っている訳であるがそれならばその線はその絵を書く為の手段だろうか。その線自体がその絵では一つの目的であってそれ故に線が躍動するということが言える。又それと同時にその線がなければその絵もないことを思えば線が絵の手段であると見られないこともない。こういうことで手段と目的を区別するのが既に無理なのである。

又そうでなければ言葉を用いることそのものを一つの目的と考えてその目的は達せられない。こういう場合に言葉のことを美術上の問題に余り近づけるのが危険であるのはこの二つに共通のものが見出せるとともに美術で目指されていることが言葉の領分では遥かに精妙に行われるからでそのことさえ念頭に置けば絵で目指される一つの全体の精妙から言葉で表される精妙を類推することもそれ程困難ではない。一般の考えと違ってどのようなものでもただそこにあるものはそれ故に単純であって言葉にも直ぐになるのでなくてそこにその場所を占めているからこそそのあるがままの状況はどれだけの分析にも堪えてこれを言葉で伝えるのは既に伝えるという行為を越えてその状況でもある言葉を探すことであり、それ故に言葉によってその状況はその形を明してその言葉は目的でも手段でもなくてただそれまではそこにあって我々に挑み掛けるだけだったものが言葉に変って落ち着く。

もし何かの為にそういうことをするのならばそれが何の為かということがそれで問題になる。それが何かの為である必要はない筈であるが繰り返してそれが行われて飽きられずにいたのに就ては目的がないにしても理由がなければならなくて少くともその有無に就て考える余地はある。我々にとって時間がただたって行かないのはその時間、或はその名称で呼ばれているものを我々が意識しているからであり、又時間は八方に拡るものであるからその意識があって精神は自由に働く。これを妨げるものがないのは妨げることが出来るものがないのであって精神は何に向っても問い掛ける。恐らくそれが言葉を精神が探す契機をなすものなので言葉というもの自体をそうして精神が得たとさえ考えられる。それが論理に貫かれているとともにそれが指すものを指すのみならずそれと一体をなしていると受け取れるのは世界を言葉で置き換える作業を精神に思わせてそうするに至らないまでも精神が触れる世界の面を言葉に直すことでその的確な像を得る仕事に精神は惹かれる。

それが認識するということである。そのことに理由はなくて精神がただそれを求めるのであり、その時に言葉はなくてはならないものでありながらその為にあるとも言えないのは精神が認識することを求めていて言葉があったのか言葉があって精神が認識することに惹かれるのか解らないからである。そのような関係がそこに成立している。それで聖賢の言葉とか古典とかいうのも精神のそうした傾向に即して重んじられているものと思われるがそれならば有益、或は兎に角その重んじられている基準に就て考え直さなければならない。既にそういうものが何の為にあるのでもないことは明かであって我々にとって達することが必要な目的のどの一つにもそれは寄与せず、それがなかった所で人間が生きて行く上で少しも支障を来さないことは現にそれなしで生きている人間が幾らでもいることでも解る。それでここで目的ということに就て考えることでそれが目的と我々が受け取っていることと別な意味を持つことになる。

目的がある限りはそれを達しなければならないのはそれも一つの手段であることを示していてそれが何かの為でなければそれを達する必要もない。それをすることに我々の生涯の大半が費されているようであってもそれならばその間我々は人間の世界にいて人間であること以外のことに力を用いているのであってそういうことが片付いたらばと我々は思う。併しそれは片付くことでなくてもともとが手段であり、それとは別にその目的ということでなしに我々が我々であって息づくことがあってその時に始めて我々が自分であることをその状態が我々に疑わせない。又それが我々が人間の世界にあって人間であるということでもあるので価値や終末論の問題が離れてそれが我々人間が最も喜ぶことである。それ以外にどこに「論語」の暮春は春服既に成るの意味があるだろうか。又我々を打つ言葉というのは凡てその世界、人間の世界に属することであってそこに人間がいる有様が言葉の力で我々の前に持って来られる時に我々の心が動く。

ここに言葉を用いてすることがあり、これまでに難しいとか有難いとか哲理とか至言とかいうことで通って来た言葉ももしそれが事実そういうものであるならばその根底にこの人間の有様に言葉で形を与えているということがあってそれが人の心を打って今日までその言葉を伝えている。又それはその積りでやることではない。先ず人間がいてその前に、又そのうちにも人間が住む世界があり、これに問い掛けるのは言葉ですることであってその答えに言葉を得る時にそれが人間の世界のことを語る。もしそれに就て例えば天国に地獄、或は宇宙というようなことを思い浮べるならば人間の世界はその凡てを含むものなので地獄に落ちて昇天して宇宙に遊んでから人間の世界に戻って来るのでなくてそうしているうちも我々は人間の世界にいる。又何故そういうことをしなければならないのか。その天国その他は人間の精神の産物であってその精神の活動には尽きないものがあり、それをする精神が宿る人間とその人間の世界を直接に対象にするだけで時間は充実して過ぎて行く。

併しこれは凡てそれがしたくて、或はそれをしないでいられなくてすることなのでその点で何かの形でそういうことをしようと思うことと対立する。それを思うというのはそういうことを自分がしようと思うことであり、そこから有益ということも独特であることも導き出される。所がこれまで考えて来た通り言葉を用いるのは有益と縁がないことで誰も前に言わなかった独特なことというのはここでは意味をなさない。又それをする自分というその自分は邪魔になるばかりであってどういう積りで始めたことであっても言葉に向っているうちには自分のようなものは消滅する。或はそうなる筈である。それでこの最初の所が肝腎なので言葉を用いる自分が何かであると言葉を用いていて思えるならばそれは振り出しの辺でどうかしたのであってそうなる事情に就ては繰り返さない。併しその先がある。そのように自分をなくさなくて言葉を用いて独特を目指す結果にも既に触れたが対立は更に深い所まで行っている。

それは自分というものが頭にあって本当のことは言えないということである。これは更に本当のものが見えないということでそれをものがありのままに見えないと言い直しても同じことになる。凡て紛れもなくそこにあるものはそれを見るものと没交渉にそこにあるのであって従ってこれをその通りに受け取るには見る方でただ見るということだけをするのでなければならない。それが一般に考えられていることと違っていることを示して我々は独特の見方ということをどれだけ聞かされることだろうか。併し見るものはそこにあってそれ以外の形をしていない。それがその通りに我々の眼に映る必要があってその時に見るということをする他のどのようなことも余計である。又これを山とか石とかの具体的にそこにあるものに限ると考えてはならないので人事の縺れから観念と観念の交渉に至るまでどういうことでもそこにあるものはその形をしてそこにあるのであって見方が幾つにも分れるというのは見えているものがそれだけ不分明である結果に過ぎない。

そして本当にものが見えていないことがそのまま本当のことが言えないことに繫る。それを解り切ったことと片付けてはならなくて見えるというのは一つの対象が精神に与えられたことであり、これが精神とどういう関係にあることになるかを確めるには言葉を通して精神との関係が既に成立している他の対象との関係を言葉で求めなければならなくて本当にものを見るのを邪魔するものが言葉を探すことも妨げる。そこには一つの世界というものが拡っていない。その代りにあるものはその人間の世界であるよりもその人間が何かするうちに身に付けた語彙であってそれがどれだけ特色があるものに見えて人の注意を惹いてもその語彙でどういうことが語られているかということになってそこには人に語り掛けて来るものがないことに気が付く。先ず他人のことが頭にあって始めたことが人に語り掛けないのは我々にとってただ一人の確実に手ごたえがある人間が自分であってその自分が他人に思われて来るまでにこれと対話するのでなければ人を動かす言葉は得られないからである。

その代償に或る特定の語彙を用いる人間がそれで知られた誰かになる。このことをここで言うのはその反対に確実に言葉を用いるものがそうすることで個人的には誰でもなくなることを指摘して置く必要があるからでこれはそうである他ないことである。一体に個性というもの程頼りにならないものはない。それを独特であることと同様に身に付けることを心掛けた場合を考えればそのことは解る筈でなるべく余計なものをなくして言葉なり世界なりに向うことが肝要である時にどこか他の人間と違うというようなことは余計のことの中でも余計である。それ故に達人には達人であることで似た所がある。又それは心掛けてそうなったのではなくてものを見ることに習熟して言葉を用いるのが自在になれば無駄なことが綺麗に除かれている点で人間が似て来るので努力の目標は初めからそこにあった。それが有益なことかどうかということをここで改めて考えてもいい。これは何の為になることでもなくてただ時間がたって行くのとともにあるものは無駄なことでそこから注意を逸らせるのを惜む。

ものを見ること、言葉を用いることと言えば文士の条件のように聞える。併しここで指摘したいのはそれがそうであるにしても、或は寧ろそれ故にこそこの二つが誰にも求められていることなのだということで文士であって言葉を用いるのと一般に人間と認められるものが言葉を用いるのに違いがある訳がない。又ものを見ることにしても同様である。それに就て参考になるのは曾ては文士という職業がなかったことで見ることと言葉を用いることは誰でもすることであるから誰でもがそれをした。又もしそこに優劣が認められたならばそれは人間の出来、不出来の問題だった。これはその点では今日でも少しも変りはなくて文士であるのが職業になったのは人間の本質と関係がない偶然の事情によることであり、更に又これが職業である必要がなくなる時が来ても、或はもしそういう時が来ればものを見ること、言葉を用いることが文士よりも先に人間の条件であることが一層明かになる筈である。

それにも拘らず文士という職業が出来たのは奇妙なことにも思える。又それに就ては何かと尤もらしいことが説かれてもいるが最も妥当と見たいのは人間が普通に人間であることを根本的には誰もが望んでいてこれも偶然の事情からそれが表向きには強調したり要求したり出来なくなった時にそれでも普通の人間であることを選んだものが大方の共鳴もあってそれで暮すことになったのだとすることである。或はそうではなかったのかも知れない。併し言葉を用いるのに、又従ってそれに熟達するのに人間であること以外の一切を捨てて掛らなければならないということに変りはなくてこれがものを見ることに就ても同様であることは言うまでもない。ただそこに既に挙げた活字の魔術というようなものが入って来る。併しそれが無駄がない精神の安定に打ち克てるとも思えなくてその魔術に働く余地がある場合は初めからその安定がなかったのである筈である。

併し活字よりも、或はそれも手伝って兎に角言葉を用いるのが一つの職業になったというのは警戒を要することである。それが職業であるということが言葉を用いることの上で全く余計なことであってそれでも職業になれば少くともそのことを考慮に入れなければならないからで考慮することが言葉を用いるのに影響するのも独特であることの原因になる。もしそういう言い方が許されるならばこれは職業意識を持つことが許されない職業なのである。従って職業ではなくて我々が愛読する本の作者でもし生きていて文士と見られたならば侮辱と思うに違いない人間は幾らでも考えられる。それが作家でなくて文士と呼ばれたからというような駄洒落に類することを言っているのではない。これを売文の徒の意味に解して言葉を用いるということと商取り引きという今日でも本質的には何の関係もあり得ない二つのことが自分に即して結び付けられたのを怒ってのことである。

誰でもが言葉を用いて従ってこれは普通の人間がすることである。そして用いる以上はそれをなるべく有効に、それ故に出来る限り正確にと心掛けるのは当然であってこれが人間に言葉の力を知らせて言葉の世界が開拓されて来た。我々は傑作とか不朽とかいう使い古された観念に縋る代りに我々がもっと実際に馴染みがあるのでなければならないこの言葉の世界を思うべきである。もしそれがないならば今からでも馴染めるがそれを又しても教養その他何かの為と考えるのは滑稽であって言葉を用いるというのが人間が人間である所以の一つである時にそれが人並に出来ずにいて満足していられるというのは不思議であり、それが出来るようになってそこに言葉の世界が開ける。確かに今日では人並に言葉を用いることが出来ないものが多い。

それは職業的に言葉を用いているものの言葉遣いを見ても解ることでそれは今日がどういう時代だからでもなくて独特、作家、文学その他の余計な観念に災されている為に過ぎない。その何れも言葉を用いることを知って言葉の世界に遊ぶのにとって無駄なことである。

もし今日というのを何か一つの時代と見ることが出来るものならばその時代に就て一つだけその特色に挙げられるのは色々と知識を授けられてそれに即した行動を取らないことである。例えば子供を育てる方法が幾らでも流布していて今日の我が国が子供の地獄であることにもそれが見られる。併し我々は子供ではなくて子供の受難は他所ごとですませても言葉は我々自身が用いるものであって直接に我々自身に関係している。又それも中途半端なことでどうにでも片付けられることであってもこの無智に乗じて言葉でないものが言葉、或は今日ではこれに与えられている他の各種の名称で横行して我々を妄想に導くのは必ずしも他所ごとですむことではない。その無駄を言っているのである。我が国の年間の出版点数は世界に冠たるものであり、これは本だけに就てのことであってこれに新聞や雑誌の類を加えるならばその活字の量は無駄の観念を越えて何か荒涼たる境地に我々の思いを誘う。その大半がなくても誰も別に困らないものであってこの無駄も言葉を用いるのを普通の人間に出来ない特殊な技術と考えたことに発している。

普通の人間、更に厳密には尋常に人間であって尋常の人間であることを心掛けているものにしか正当に、正常に言葉を用いることは出来ない。例えばモンテエニュであると書くのも可笑しなことで我々が親んで来た言葉の世界に残された名前は凡てそういう尋常な人間のものである。或は少くとも今日に残る言葉を綴っている間はそのような人間だった。今日の慣例に従ってその言葉を詩とか哲学とか分類した所でその結果は同じでその何れも言葉であり、それが人間の言葉であるから我々人間に語り掛ける。又その言葉が我々に用いられない訳でもない。それを現に我々は用いていてそれで今日でも誰かの言葉に接してここに一人の人間がいると思う。これも当り前な話であるが言葉をそうしてただ言葉と受け取る状態に達するのにどれだけの擬いものを脇に寄せなければならないかと思えば改めて無駄を省くことと言いたくなるのである。

言うことがあることに就て

書きたいことを書きたい時に書くということを前に聞いたことがある。それはそういう雑誌があればいいということだったと記憶していてそれならば話が解る。一体に我が国では注文があって始めて書くという習慣があってそれが少くともかなり最近までは主に雑誌に載せる原稿の注文の形を取り、それと同様に一つの習慣になっていることに書く方が小説家である場合は別として批評家、随筆家その他はどういうことを書くかに就ても注文が付けられるということがある。何故そうであるかはここでは問題外のことで実状だけを言うならば小説家はいつまでにどの位の長さのものを書くということが示されるのに止るのに対して批評家や随筆家は取り上げる事柄まで指定される。併し小説家もこうして長さや期日に就て制約を加えられてそれで書きたいことを書きたい時にということも意味を持ち、その話を聞いた時にそういう雑誌が出来たのだったのかも知れない。

これだけの説明がなければその書きたいことをというようなことは解り切ったことの反復で終る。昔から文章を書くというのは商売で出来ることでなくてそれが今日ではそうなのだと言いたくてもそれは書く仕事に金の問題が付き纏うに至ったからに過ぎず、そこに厳密に商取引きと呼べるものが成立するに就ては金で買えないものに値段を付けるという難点がある。従って偶然がこの取り引きを支配していい値が付けられるからそれが名文、或は文章であるという保証さえもないとともにこれを必然であることの方から見るならばどの程度の金にもならないことが解っているだけで人間が文章を書き、言葉を用いることをしないでいるか考えるまでもないことである。或はもし今日ではその必要があるならばそれは再び文章の問題を離れてただ今日風に漠然と金の有難さを思っているだけのことで「文章軌範」でも「唐宋八家文」でもそこに収められているものを書いた人間は当時の金でさえも一文の得もしなかった。或はもしそのことで例のシェイクスピアを反証に挙げるならばこの詩人が芝居小屋の木戸銭のことばかり考えていてその十四行詩も叙事詩も書く訳がなかった。又書けたかどうかも疑しい。

併し金のことはこの位で切り上げてもいい。要するに金になってもならなくても、又それがどの程度の金であってもそれとは別に書きたいことがあるということがあり、これと金はもともと無縁だった。それよりもこの書きたいことがあるということに就てまだ考える余地が残されている。そしてそれで又直ぐに補足する必要が生じるのは今日では書くというのがこれもただ漠然と何か高級か優秀かであることになっていてそのことの方が先に立つから書く以上は書くことがあるのは当然という風に見られ勝ちであるという事情の為である。例の芸術の観念もその側面を示すもので書くことが芸術であるならば書く人間は芸術家でそれで芸術家である以上はとやはり同じ所に来る。併し芸術の観念もここでは余計であって書くという行為からすれば書くことがある方が先である筈で更に書くことがなければならない法はないということも今日では見逃されていることの一つである。従ってそれがある場合もどのようにそれがあるかという重要な点も一般に誤解されている。

言挙げしないのと言霊が幸うのは両立することであるから昔から合せて唱えられて来たのであるが言霊が幸うのを書くことがあること、言うことがあることと言葉を換えて表す時にそれが言挙げすることの印象を強くしてそういう言葉遣いが用いられ始めてからそれがそのように受け取られているのではないかと思われるのは何か言うことがあることが多少とも大上段に構えての意味を伴う感じがするのを免れないからである。併し言霊が幸って言うことがあるのはそうした他人を押しのけての態度の反対のものでなければならない。これは説得の効果から見てもそうであって声を大きくして言うのは言葉の働きに期待してのことでなくて相手を威圧するのが目的でなされるのであり、それならば言葉に頼ることもないのはその身振り、或はそれでも用いる言葉の調子からも察せられる。もし声が大きくて言葉の調子が荒ければ理を尽すことは出来なくて恐怖が効を奏するのは特定の場合に限られている。

併し現にそうした意味に言うことがあること、書くことがあることを受け取るのが一応はそれが通りそうな形式の言葉だけのことでなくて一般にそれが言葉というものの用い方であると見做されているのが感じられる。それが例えば誰かを向うに廻しての論争とか政治上の主張とかでなくてもで批評ならば何かを批評することの他にこの言挙げする、異議を唱えるの要素が少くとも期待されるのが普通であって詩、小説に至ってもそこに所謂、思想を求めるのが一つの習慣になっている。もし思想を頭を働かせた結果、或はその働きそのものを指すもの、つまりは考えと同じものと見るならばこれをどういう言葉にも求める余地があるが詩や小説のことで言う思想はそれとは違っていてこれはその詩や小説がどのようなことを主張しているかを先ず知るのを望むことなのである。これは詩も小説もそうした主張をする為の手段であることであって従って詩人や小説家にもそうした主張がないならば何もないことになり、それを真に受けて書かれたものはそれ故に詩でも小説でもない。

これは少くとも我々が親んだのでなくて馴らされて来た明治以後の我が国の所謂、文学にそのまま該当することではないだろうか。「破戒」は人種差別の撤廃を求めた小説であるの類である。又それ故に中原中也は詩人でなくて三好達治は抒情詩人という意味不明のものであることになる。まだしも高村光太郎は東洋による世界制覇を唱えた詩人でその主張は間違っていたからこれは敗残の詩人なのか。これは更に日本での近代詩の発達が棘の道だったことをもの語るものでもあって批評はその間どういうことでもを主張することで栄えた一方で小説は、その小説が一時は各種の形式の中で最も行われたことに就ては言葉の用途に対するこの特殊な見方がその原因の一部をなしていると考えることが許される。それが小説ではあり得ないことに思われるのは小説の基準というようなものを念頭に置いてのことで小説というのは殆ど何でもをその部類に入れることが出来る雑駁な形式である。

言うことがあるのが主張があるのと同じと見られてそれが小説では誰でもが思い付く筈のことと違った方向を取った。その小説がそうした態度に向いていることに就て普通に考えられる理由は小説が何かを主張するのに潤色することを通して或る程度までかなり有効な手段であり得ることにあってこの考え方に従ったものに南北戦争の前に書かれた例のアメリカの小説から我が国の所謂、左翼小説に至るものが挙げられる。併しそれを書くにはその主張することがなければならない。そして主張がなければ言うことがないということに即して書いていれば絶えず何か主張することを探していなければならなくて一つの主張で通すのではその主張が実現した時に書く理由もなくなる。例えばストウ夫人の小説の上での仕事は南北戦争で終った。それは指摘するまでもないことで言うことが主張することであると見るのが初めから無理な話なのである。併し我が国の少くとも最近まで小説で通っていたものはそれに堪えることが出来た。

主張というのは普通は何かを或る風にすることを求めるという形を取る。従ってその為には考慮することも努力することも必要であってそれをして一生を過すにはそれに価することを次々に探し出すか或は同じ主張をし続けて一生が費せるだけの目標を見付けなければならない。併し我が国の言わば小説家はその苦労をしないで主張し続ける方法、手段を考察してそれは自分に就て書くことだった。それまでこのことには誰も思い及ばなかったので自分のことを書くのは何がどうなることを求めるのでもなくて自分というものがあることを主張することであり、これは又幾度でも繰り返して出来ることである。それがもっと本式の小説でも小説家が或る人物に確実にその形を取らせることに成功してこれをその小説家が書く小説の主人公に続けて仕立てるということはあってアナトオル・フランスのベルジュレ氏、或はその点ではデュマの三銃士がその例に浮ぶ。併しこれは掛け値なしの文章の世界に属することでそれは読むに価するものであっても主張ではない。

日本で小説風のものを書いていた人々が一箇の人物を作り出す手間も省いたということはその手間を省いたから書くことが主張になったということでもあってそれで自分という一人の人間がここにいると主張し続けることが出来た。尤もそれが主張になったのはこれは日本に限らずどこでだろうと自分という人間を飽きずに取り上げて書き続けられる程何か特別なものに考えるのが常識に外れたことであるのに対してそれでも自分という人間がいることを言うのはそれも一種の抗議と見られるからである。併し同時にそこまで行けばそれがただ主張する為の主張であることも免れなくて自分をそのように特別なものに思うのを可笑しいとする常識は間違っていない。又これに逆うことでそれならば人間にとって人間であることとその中でも特別な人間であることの何れが大事か、もし又自分を特別な人間と見るならばその基準はどこにあるのかと疑問は幾らでも生じる。併し誰もそれを考えなかったようであることがここでは重要で書くというのが書くことがあることであるのは当然であるとして書くことがあるのが主張することがあることと一般に受け取られていればその主張があるということに自然に注意が行って主張の性質の方は問われない。

従ってこれは小説の面でだけのことでなかった。又それは却って一般の人間に沈黙を課する役目もしたので書くのが壇の上に立って肩を怒らす調子のことをすることと普通に見られている限り自分がそのようなことをと引き退るのが人情である。今から思えば漱石の「吾輩は猫である」という題はこの人情が忌避する妙な気負い方を優雅にもじったものだった。その小説は主張でなくて文章であって今日の漱石に対する毀誉褒貶ともに不当な評価がもっと落ち着いたものに変った時には「明暗」と漢詩の他に「吾輩は猫である」と「坊っちゃん」が漱石の傑作に挙げられることになるのが予想される。併しこの小説が出た頃だけでなしに今日でも漱石が主張することがないと卑下してこの題を付けたと思うものがまだいるかも知れない。そうした見方に従えば明治まではどうだったのだろうとその後の日本は言挙げしない国でなくなったと考えなければならない。又それを格段の進歩と思うものは今日でも幾らでもいる筈である。

又明治以後の日本で主張しなければならないことが多かったことも事実である。例えば福沢諭吉は主張する為に主張したのでなくてその必要があってそのことをし続けたので変動の時はその必要を感じないでいる方が寧ろ可笑しい。又従って逆にそうしてなされた主張は精神の緊迫が言葉の用い方に響いて今日でも読むに価するものが少くない。日本で一時はその種の論が文字になることとの首位を占めていたことともそのことを思えば当然のことと受け取られてその頃は確かに名文家も多かった。その文章に魅せられてそこで主張されていることが主張であることにしか気付かなかったのだろうか。前に批評がどういうことでもを主張することで栄えたことに触れた。併しこれは文芸批評のことでその辺から言うことがあるのを主張することと考えるのが破綻を来し始める。例えば外国の事情を広く知る必要を感じたものがそのことを主張するのはそれが主張であることよりも必要と説くことの必要が精神を領してのことであってその為に用いられる言葉は無駄に用いられたのでない。併し言葉を用いること自体が目的である文芸の領域で言うことがあるのを主張することと見るのは言葉を主張と考えるのと変らなくてこれは先ず言葉を批評することに失敗することに他ならない。

併し今日でもその文芸の領域で批評がそのようなものと受け取られていることを示す材料は幾らもある。又これは過去に遡るに従って顕著に感じられることでこの僅か百年ばかりの間に文芸上の論争が我が国で程盛に行われたのは他所に類例を見ないことであるのも今日それを回顧する時にその殆どが全く意味をなさないものであることもただそのことに就て批評も主張であり、論争が二派以上に分れて批評風のことを主張し合うことであるとするこの一種の態度を思い浮べるだけで少くともその事情、性質は余りにも明かになる。それは大概の場合は元気よくやっているということで受け入れられて何をやっているかは問題にならなかった。或はそれに就ては当事者が知っている筈だということだったのだろうか。又その為にどの位言葉が費されたか解らない。それは小説の面で費された言葉数に及ぶものでないかも知れなくてもこれは小説の方では自分のことを書くというただそれだけで主張と見做されることがあったことで納得が行く。

こういう事態が極く最近まで続いていたことを思えば百年も決して短い期間ではない。又それは再び我々を言うことがあることの問題に連れ戻してそれがどういうことであるかという方に考えを導く。併しその前にそのことを改めて取り上げなければならないのが不思議に感じられて今度は逆にそれが百年の間なされなかったことに気が付く。その百年は言うことがあるから書くということもなされなかった時代だった。その間誰にも言うことがなかった筈はなくてもそれならばそれがあるのと書くのは別なことになっていたのではないかとも考えられて振返って見てその余地は充分あるのが感じられる。この前の戦争が終って戦前と戦後というような区別が設けられた時にも気配の程度にその辺に漂ったことは明治以前と以後の違いが生じた際には一つの事実に近い形で人々を支配したものと思われて維新、或は御一新という言葉が使われたことからも察せられる通りこれからは凡てが新しくなるというのが多少とも一般に信じられたのである限りこれは誰もが頭を空にすることを求められたことに他ならなかった。それが人間の世界のことである時に凡てが新しくなるということはあり得ない。或は凡ては初めから新しい。併しその上で凡てを新しくするというのは一種の思考の停止であって今まであったものがどの程度にこれからもあるものかは時間の経過によってしか知ることが出来なくなる。

そこまで来て人間が先ず求めるものは生活であって生活は今まで通りのものでも別なものでも生活であることに変りはないのに気付くのはもっと後のことである。又言うことがある、或はないというようなことも後廻しにされる。差し当って自分がその日その日を送って息をつくのに必要でないことは凡てそうで言うことがあるというのはその日その日に安住するのが危惧の念を伴わなくなってから生じる事態である。併しこれは維新だったので平穏な日々が続くことになっても言うことの基準のようなものはまだ失われたままでいるうちにその時既に行われていた言説の趨勢もあって言うことがあるのが主張することになった。併しそこに西洋というものが一役買っていることも確かである。その時少くとも従来の詩歌は花鳥風月のこと、或は物語は昔の話という風に見做されるに至っていたことは事実であって詩文の類で信用出来るのは西洋のものばかりと考えられた。そこから短いながらも一つの誤解の歴史が始る。

ヨオロッパ系統の国語の中で人称を示すのに代名詞を使う必要がないのは今日では死語であるギリシャ語とラテン語だけでこの二つは動詞の語尾が人称と数に応じて変化するから代名詞がなくてもすむ。或はこれに現代ギリシャ語を加えてもいいのだろうが大体の所では今日用いられている他の国語は動詞の語尾の変化が多くは省略されているので人称を代名詞で一々示さなければならない。併しそのように例えば一人称単数の代名詞を使っていればその私とか自分とかの意味は薄れて自分がそうなのだということを強めて言うのには代名詞を重ねて使うという種類の工夫をすることが必要になる。それがフランス語ならば普通は一人称単数の動詞の前に付く je に更に moi を重ねて moi, je とするという風にであるが語法が違う東洋の人間が最初にヨオロッパ系統の国語に接してこの代名詞、殊にどこの人間にも共通の語法によって一人称単数の代名詞の頻繁な使用をその連発と受け取るのは免れないことでそれが自分というものの主張と解されることにもなる。

それだけで明治以後の日本で自分というものに特殊な重みが与えられて言うことがあるのがその自分がそれを言うのであること、又従って言うのにもそれだけの重みが掛って主張することであることになった訳ではないに違いない。併しこの時から日本語の文章でも一人称単数の代名詞が頻繁に用いられ始めたことは事実でその必要がない国語でそれをするのはそれだけでやはり自分というものの意識に影響して来る筈である。併しこれは凡てを新しくするというのと同じことで人間の銘々にある自分というもの、結局は自分というものの意識がそれ程特別なもの、特殊なものであるというのは妄想でなければ神話に過ぎず、それが西洋の人間であってもそのように自分を考えていなくて又普通の形での、人間の銘々にある自分ならばそれがそれまで東洋になかった訳でもなかった。勿論そこに自我とか近代自我とかいう言葉が用意されている。併しこの点は西洋の文献をどう読み違えたのか解らないが兎に角その近代自我も明治以後の日本の特殊な産物のようであってこれに相当するものは西洋にない。ルソオは自分に就てであるよりも誰に就てだろうと公表する価値がないことを自分に就て公表するというルソオ自身は価値があると考えたことをしたのに過ぎなくてルソオの業績をなすものはその「告白」でなくて「民約論」である。

もう一つ今思い付いたことを挙げるならば人間の銘々に不滅の魂があってこれに神の裁量によって永遠の栄光か永遠の苦痛が与えられるというキリスト教の教義は確かにヨオロッパでその自我とか近代自我とかいうものでなくて自意識の発達を促した。併しこれは自意識の発達がヨオロッパで取った形だった。そういう自分というものの意識、人間が文明に向うに従って何かの形で身に付ける意識の対象である自分が自分を或る特殊なもの、他の人間と違ったものと見ることと甚だ違ったものであることに就ては多く言う必要もない。これは洋の東西を問わず自分というのは自分というもの、又それに過ぎないものであるということであって近代自我の類のことは明治になって日本が西洋から学んだことでなくて西洋から学ぶことに懸命の努力を続けるうちにどこかで生じた幻影だった。要するに誤解であって各種の誤解が生じるのは免れないことだったとしてもこれはその中で最も奇妙なものの一つである。

ヨオロッパでも言葉が発達して今日に至ったのであることを忘れてはならなくてその歴史は

日本と比べて格段に短いものであってもこれに対してそれが五百年ならば五百年に亙って間断なく続けられて来て日本はその歴史が如何に長くても明治になってヨオロッパ風の語法に応じて語法に修正を加えるという難事業が控えていたということがある。それは主語の位置に一人称単数の代名詞を持って行くというような生易しいことに止るものでなくて修正した結果がそのままそれまでの日本語の伝統に繋るものであることが明かにされた点では日本語というのがそれ程柔軟な構造の国語であることが立証されたが百年の間そのことがあって今日の日本語を得るに至るまで一時は日本語の伝統との縁が断たれたのではないかとさえ疑われて又事実その種の説が行われたこともあった。明治になって言文一致の文体が出来たというようなのもその一例であってそういうものは世界のどこにもない。

従って再びその言うことがあるというのを言葉というもの自体の性質に即して考えるならばヨオロッパの詩文にその手掛りを求める方が話を進める上で確かであるとも見られる。今日の日本の詩文に基いて詩文に就て語る仕事が実るのは今日以後のことでなければならない。それでヨオロッパで言うことがあって書くのが主張することでもあるとする時に主張の意味が違って来る。ベエコンはその *Novum Organum* で帰納法が演繹法に勝るものであることを主張しているとも見られる。この主張するは立証し、説明して反対の余地をなくす具合に、或はその論に接するものの共感を得るように言葉で或る一つのものを築いて行くことでそれに反対することが難しいからそれを主張していることにもなるのであっても目指されているのはその立証し、説明することとであってベエコンは帰納法の発見に熱を覚えたのであり、それは人の承認を求めるものであるよりも既にそこにあるもので又それ故にそれを立証することも説明することも出来た。

ただ或ることに言葉で明確な形を取らせるのが主張であるならば言葉を用いる以上はそれが主張になるのでなければならない。併し我々が明確な言葉から受ける印象は主張ということから我々が普通に得るものと違って主張が多くは一方的に或ることの承認を求めることを指すのに対して言葉が明確に用いられた結果、言葉がその時に発する響はそこで語られていることよりも更に広い世界に我々を連れて行く。それ故に或ることを主張するのが目的で書かれた文章もそれが文章であれば単に主張することに終らなくて又それ故にそれが強力に主張することにもなるのである。従って主張というのは文章を書く上では無視して差し支えなくて凡ては或ることを述べることに掛り、そのことに成功すれば当然それは説得力を生じる。これは我々が人よりも自分自身を動かす言葉を探すことによってしか言葉を有効に用いることが出来ないことからも察せられる筈のことである。又もう少し主張ということに執するならば説得するのが主張の目的でもあって従って小説家が小説で人間の世界を如実に描くのは或ることを主張する為の名文と言葉の働きに掛けて変らず、それが或ることを主張するのが目的の小説であっても主張が消えて説得、それも自分自身に対する説得がそれに取って代る所から有効な主張が始る。

主張というのが一時的なことであって言葉が恒久的に人間とともにあるものであることからしてもこれは当然そうである他ない。もし主張する為に言葉があるのならばその主張が通ることでその言葉は消えなければならない。そしてその種類の言葉は人を動かさないから主張するという目的も達せられなくて逆に人を動かす言葉は有効に主張もしてその主張の必要がなくなった後も残る。それがヨオロッパに伝わるペリクレスからチャアチルに至るまでの名演説であってそれで我が国にこの類の言葉がない理由も解る。この演説という形式も明治になって外国から我が国に入って来たものである。そして演説もただ主張することと受け取られたのはこれも外国の演説の強さに惹かれてそこで主張されていることがその演説なのだと勘違いされたのだろうか。アブラハム・リンコルンがゲティスバアグで例の演説を行った時聴衆は感動の余り演説が終った後で喝采することも忘れていた為にリンコルンは自分の演説が失敗だったのだと思った。

言葉というものが言葉である限りではどこの国でも同じであることが明治になって暫くは見逃されていたのである。或は寧ろ何から何まで西洋と日本では違うという考えから始って言葉の性質も同じである訳がないと見られたので日本語を日本人が用いることによるその変遷、修正、或はそれよりも発達でなくて日本語の改造論が唱えられたのもその頃からのことである。

確かに明治の日本人に西洋のものが何から何まで違う感じがしたということはあり得る。併しそれは根本が同じであるからそうした結果が生じるので人間が違った条件に置かれればそれが同じ人間であるから違って来る。そして言葉も違うことになっても人間と言葉の関係ということになれば人間が人間であって言葉は言葉というものであるからその関係にも変化は起り得ない。それでもう一つ明治になって生じた誤解、或は全くの誤謬を指摘するならば言葉に親み、言葉を知るということが外国語の場合と日本語では違うと思うのも可笑しな話である。日本人は日本語を知っているという一種の定説のようなものになっていることにどういう根拠があるのか。

言うことがあるということに就て書き始めては横道に逸れてばかりいた。これも洋の東西を問わないことであってただこのことが最近まで我が国では凡そそれとは無縁のことに取られていた為にそこの所の説明が必要だったのである。それで初めに戻って言うことがあるというのを実際にそのことが生じた場合に即して考えて行くと日本での、或は明治以後の日本での誤解は別としてもかなり見当違いな解釈がそのことに就てなされて来た。例えば霊感である。これはそういうものがないことに既になっているようであるが霊感によって書くのでなければどういう風に書くということをするのだろうか。それで気が付くのは人間のその面を取り上げるのが美学の領分に入って行くことにもなることで学問であっては実際に言うことがあって書くということからそれだけ離れることを免れない。何故書くことが美学の領分でもあるかということも疑っていい。そのことに就て一応考えられるのは美が美学の究極の対象である時に言葉も美しいと感じられることもあることからそれが書くことの目的と見做されるということであるが詩と言えば美しいと称するのが相場であっても詩人が求めるのが美であるということも多分に疑って掛る余地がある。或は寧ろそれを否定することが出来る。これは詩を受け取る方からもなし得ることで我々は何かの形で詩に動かされることを望んでも言葉にそうして動かされることが美であるという保証もなければそのように美が定義されたことも少くとも納得が行く具合にはない。

詩人というもの自身に美の観念があるかどうかも疑しい。それは言葉というものの働きが美というようなことよりも遥かに強くて言葉と取り組んでいる時に美というのは全く余計なものだからである。小林秀雄氏の曾ての言葉をもじって言えば美しい言葉というものはあっても美そのものという風なものはないということになるだろうか。それは美が目指されていないということで世阿弥の頭にあったのは謡曲であり、舞いであってそれを律するものも美の観念でなくて謡曲であり、舞いだった。これは花という言葉にも示されているように思われる。併しそのことで一つ取り上げていいのは謡曲は詩の一体であるが詩とか小説とかいうものの場合は美ということと結び付けられることになり易くて言葉がそれ以外の形式で用いられる時は美を言うことが先ずないのが普通であることである。それは殆ど美しい小説というものはあっても美しい歴史というものはないと一般に見られているのに似ていてこれも我々が歴史や小説を読む状況の実際と掛け離れている。

要するに我々は美を求めて言葉を探すのではない。例えば我々が親や友達から温い言葉、或は厳しい言葉が聞きたいということの方が寧ろ言葉というものに対する我々の態度、言葉から我々が得ることを願っているものを表すのに適当であるようで言葉と我々の間には必ず対話がある。それは言葉が単に受け取られるもの、与えられるもの、又与えるものであるだけでなくて言葉の方にも我々にも響くものがあるからでそこで何かが語られる時に我々は言葉を得たと感じる。そしてそれが言うことがあることであると思い掛けて漸く気が付くのは普通に言うことがあるということで表されているのが必ずしも事態を尽していないことで言うことがあるのがそのまま言うことになるのではない。実際には我々に言うことがあるのがどういうことなのか言うまでは正確に解らないので例えば一つの歴史上の事件に就て言うことがあるというのは我々のその時の状況に即すればその事件に就て何かがあるのを感じる域を出ない。その何かは既に一つの形を取る方向に従っているかも知れないが言葉がこれに与えられる前は我々自身その方向が摑めずにいる。

或ることがあってそれが言葉で表されると考えることが許されるのはそのことが言葉で表さ

れなくても具体的にそこにある場合に限られている。例えば一箇の小石がそうで更にそれがそうであるから小石には言葉の必要がない。併し我々の世界をなしている多くのこと、或は寧ろその大部分は言葉を通してそこにあると認められるもの、従ってその言葉であってそういう言葉と言葉の結び付き、相互関係、又その時に応じての変化も言葉で表されるのでなくて言葉とともに生じるのであるからこれも言葉である。又我々を動かして行為に、それが生きるという行為にでも向わせるのもそういう言葉、その言葉とともにあってそれと切り離せないものであってこれは殆ど我々の少くとも精神の生活をなしているものが言葉であるということに近い。それと言うことがあるということがどのような関係にあるかということを考えなければならない。我々の精神の世界が言葉で出来ている。そこには大概の言葉があってその多くは思い出すだけで我々に語り掛けるからそれは言葉が響く世界でもあって我々が用いる言葉もそうして響くのでなければ何か言ったことにならない。

普通に我々に言うことがあるというのがこれに言葉の形を取らせるのでなければただそうすることに向っての一つの動きに過ぎないことには前に触れた。併し言葉自体が言葉を求めるということもあってこれに従って言葉を得た時も我々は或ることを言ったことになる。それが自分からでないというのは言うことがあるのをそのように自分本位のことと考えているからでその自分とは何なのか。その自分という人間であるというのは間違っていなくても自分である人間と他人をそれ程区別することはなくて他人の言葉が自分に語り掛けてもそれは言葉である。寧ろ我々の精神の世界をなしているものの殆どがもしそういう区別を設けるならば他人の言葉、我々以前に誰かが言った言葉なので我々はそれに接して自分とか他人とかいうことを考えない。それはただ我々を言葉の世界に引き入れてそれが我々自身の世界であることを思わせる言葉というものであってそれが我々自身が探して得たものであってもその言葉を得て我々自身ということは消える。

言葉を得て我々に言うことがあったというのがどういうことだったか解る。それならば実際に何か或ることを主張する必要がある場合を除いて言うことがあるのよりも言葉の方が先でその上に我々に主張することが始終ある訳ではない。寧ろ或ることを主張しなければならないのが異例に属することで主張が通って我々は一息就て日々の暮しに戻る。併しその暮しも言葉なしではすまされないものでそれは単に他人に向って用いる言葉だけではない。我々自身にとって言葉が必要であって朝というものに朝という言葉を最初に与えることが出来た人間の喜びが想像される。或はその朝が来た喜びが朝という言葉の形を取ったのだろうか。その言葉一つなしではすまない。又そういう基本的なものから始って言葉が、或は言葉というものがあるという思いが我々を見舞うことで我々の精神が働き出す。それがある前の状態では人間はまだ正当には人間でなくてそれがどのような状態だったのか想像出来ないことから人間が地上に現れた時から言葉があったのではないかと考えたくなる。

我々に言うことがあるのであるよりも寧ろ自分が探して得た言葉でも言葉に動かされることを我々が求めるのである。その動かされるというのは要するに働き掛けられることであって我々が或ることをその通りと認めるのもその言葉があってのことである。それが我々にある他の言葉を呼び覚してこれと繋り、そのことで我々は再び我々の世界にいる。これをどういうことにも拡げて行って我々には我々の考えがあるということになるのであるが考えるのは言葉を探すことであってそれがあって我々の世界に響が生じ、これが我々が初めからいたその世界であることを我々は認める。この位置の確認というのが考えることの直接の目的でなくても考えた結果が最終的に我々を連れて行き、或は連れ戻すのは我々の世界で我々がいる場所、或はその世界があることの感覚で言葉を探してそれが得られなくてその世界から離れていることを我々は望まない。或は言葉を探すというのがその世界に我々がいることを改めて確める為なのである。

小説家は想像するということをして小説を書くのだろうか。併し想像するのも言葉を通して で人間であることを得ている人間の世界で言葉がなければその想像に基いて小説を書く前に想像するということも出来ない。ラディゲはその小説の序文で純潔であってそれがどんな不純なものよりももっと猥らな恋愛の話と言っている。併しこの小説がラディゲの頭の中で実際に始ったのはドルジェル夫人のような恋愛は今日では時代後れだろうかという書き出しの言葉、或はオォステルリッツ夫人が自動車の故障を道端でそれを面白そうに眺めていたものに直させるやり方を評しての coups d'Etat というのはこうしてなされるという言葉、或はその他この小説に出て来るどういう言葉でもが最初に形を取った時からでなければならない。その時からこの小説も形を取り始めたからである。又そういう言葉があって小説というものを読む我々にとってもその小説の世界が現にあるものになる。

併しこれが小説だけのことでないのはここで小説に就て書いたことからも明かである筈で想像というのも小説家だけがすることではない。或ることを仮定してこれに現実の輪郭を取らせるというのはそのまま言葉というものそのものの働きを言い当てたものでこれがなくて又これに自分を預けることが出来なくてどういう目的にも言葉を用いて成功する見込みはない。それを思えば詩や文章に就て普通に行われている分類も全く便宜上のものになる。或は強いて分類することを求めるならばそれは詩と散文の二つにだけであって散文を歴史とか小説とか論述とかと称して他のものから区別しても言葉に接する思いをする為に本を読む限り我々が受け取るのは同じもの、或は同じ言葉という変化の妙を極めたものの働きである。そしてその為にでなくて本を読むのはその目的がどういうものだろうと文章の世界に遊ぶことではない。そこに遊ぶというのは再びそこの言葉を通して自分がいる場所に自分がいるのを知ることである。

その言葉を自分のものと他人のに分けることはないのであるからこれは書くことにも当て嵌ることでそのことから言うことがあることに就ての詮索を改めてするのも無駄を省くので誤解を除く上では少しは役に立つ筈である。何故言うことがあるという感じが生じるのだろうか。これは一つには自分が接して来た言葉でその働きの性質を知った上で他の言葉がまだあるのでなければならないという不満の為と考えられる。まだこれだと思う言葉に出会わないのである。それがどういうものかは当然知る由もなくてそこからその言葉を求めての探索が始る。これを既にある言葉に対してするのには限度があって一通り渉猟してそれがないのはまだ或る呼吸、それは自分の呼吸に合った言葉を組み合せることが行われていなかったのであり、これが起り得ることであるのは人間がそれが用いる言葉とともに多種多様であることからも察せられる。こうして自分の言葉を得るまでラフォルグにとって本は又本かだったのであり、マラルメは凡ての本を読んだことに飽きた。

それ以外に言うことがあるというのに根拠があるとは思えない。従ってそれは言うことがあるのでなくて言うこと、その言うことである言葉を探す必要を感じることなのでそのことで注意していいのはそれ故にそれが言葉であって他のものが言葉に認めることを好む各種の属性、独創的であるとか斬新であるとか肺腑を抉るとか涙を誘うとかいうことでないということである。これは我々が自分のでも他人のでも実際に言葉というものから受ける印象に即してもそうであってその言葉の働き掛けが強力であればある程我々はそうした余計なことから遠ざかる。或は我々が見事な言葉を見事と認めるのはその言葉の働きが終ってからのことでそれが続く間は我々の頭にあるものがその言葉の響でしかない。そして響というのを音の響と全く同じものと考えるならばこれは比喩であって言葉は鼓膜のみならず我々の精神全体、又その領域全体に亙って響く。又ここでもその言葉が自分のであるか他人のかを問わない。

言葉を探す。これは誰でもがすることであってそのことに就て文学というようなことを持出すこともない。その文学というのをやっているのでそれだから言葉を探すというのならば他のものは言葉を探さないですんでいるのか。何と言いますかというのは我々がよく聞く言葉であって我々もそれを用いることが始終である。又その文学というのをしているので探して得た言葉は他のものが得る言葉とどこか違っているのだろうか。そういう特殊な言葉は術語であって術語も含めて誰でものものでない言葉は正当に言葉と呼べるものの部類に入らない。従って文学というのももしそれが言葉を用いるのが仕事であることを指すならば一つの職業ではなくて誰でもがすることを選んでこれに力を入れるのは誰でもがすることに力を入れているのでそこには力の入れ方に違いがあるだけであり、その為に言葉が誰もが用いて誰にとっても言葉であるものと違って来るならば力の入れ甲斐がなかったことになる。

これは素人と専門家の区別があり得ない仕事の一つである。日本で連歌、能楽のように特殊な訓練が必要なものを除いて詩歌のことに携るのが職業になったのは歴史を遥か下って江戸時代になってからのことで西行をこの頃の風習に従って歌人と呼ぶのが的を外れた感じがするのは歌人という専門家が出て来たのが日本で詩歌が廃れてからのことだからである。そうした身分からすれば西行は世捨て人で実朝は征夷大将軍だった。併し西行を詩人とするのが自然に思われるのは現在でも暗黙裡に詩人が誰もの領域に属するものであることに就て了解があるか或はあるべきだからである。誰でも言葉に動かされれば詩人であって詩人というのは言葉に出会ってそれに動かされる人間の面を指し、それが誰だろうと例えば緊迫した状況で言葉を求める時は詩人である。又この誰でもに属することに就てもそれを選んでそれに力を入れるということはあり、その場合もその為に用いられる言葉が誰ものものでなくなる時にその力の入れ方がどこか可笑しいと言える。これに対してマラルメは反証にならなくて誰もが用いる言葉とその際の用法を追究して行って言葉を一層その言葉にするということはある。

菅茶山は自分を学者と考えていて又事実そうだったのであり、その上で漢詩を作り、伊沢蘭軒に宛てたような手紙を書いた。そしてこれは茶山にとって漢詩を作るのがこの頃言う趣味、道楽、教養に属することだったのでなくて詩を作る時にはそのことに茶山の大才を傾けてここに東洋の一詩人がいる。「黄葉夕陽村舎詩」という詩集の題はそれ自体が詩であって茶山の時代が世界史の上では十八世紀だったことを我々に思い出させる。それで文士の前身だった文人という名称にも注意が行く。ワルポオルは小説も書いているが自分を文人と考えていたことは間違いなくて文人は職業でなくて文章のことに関心がある人間を意味する。それ故にワルポオルはフランス駐割大使としてパリに赴任することもそこのサロンで話に花を咲かせることも、或はデッファン夫人が死んだ後でその愛犬を英国に引き取ってその余命を保証してやることも出来た。誰もワルポオルのことを小説家とも一流の美術史家とも考えなかった。或はそういうこともする人間であることは解っていてそれが人がワルポオルから受ける印象を少しも歪めなかった。

それ故にワルポオルや茶山は素人の好事家だったということにこの頃の我が国ではなるのだろうか。そのようなものでなかったことは書いたものを読めば解る。従って今日の日本で誰かを素人の好事家でない玄人の専門家に代立てる条件は言葉を実際に用いる仕事の上では全く余計なものなのであってそのことから仕事、或は何だろうと掛け値なしにそこにあるものよりもそのことに関係した人間の顔付きや肩書の方が尊ばれる事情が察せられる。それを俗習で片付けるのは構わないがその影響で言葉までが専門家のものになり、それを用いるのも専門家の仕事にされるのではその被害を受けるのは日本と日本語と日本人である。又そのこともあって言うことがあるというのが勿体振った意味深長なことになりもする。それで気が付くのは言うことがあるというのが言葉を用いることよりも兎に角何かするということが先に立ってのことではないかということで当然それならば人の思惑も計算に入ることで言葉というものに即して言葉を用いるのとは凡そ違った方向に考えが導かれるのを免れない。

言うことは別にないというのが本当なのではないかということがここで頭に浮ぶ。ことに自分でも言葉を用いて自分の呼吸に合った言葉を得る経験をした後ではでそれからは人間は読むように書くことになるのが普通である。それが人間ならば言葉から離れていることを望まないから読むので書くのはそれが日常の必要からのことであるのみならず言葉を用いるのが読むのと同じく言葉の働きを確めることでもあるから書くのである。その他にも、そして又それが主張するのが目的でなくても書くということはあるに違いない。併しそのことでも重要なのは例えば一国、或は一時代の歴史を書くことを思い立ったのでもそれが普通に言葉の響を知ってこれに親む為に言葉を用いるのとその歴史を書く段になれば少しも変ることはないということである。その目的はその歴史を書くことにある。併しこれはその範囲でその材料に基いて言葉に親み、その響を験すことであってその歴史がどういうものになるかは言葉を用いた上でなければ解らない。

従って例えばその歴史を書くというのは所謂、言うことがあることにならない。この場合にその言うことというのはその歴史であってそれを先ず書かなければならなくて書いてから自分が言うことが何だったか解る。或はその歴史が自分が言ったことなのである。又それならば詩と散文の区別、詩は言葉が初めから先に立って作るもの、散文は一つの目的があって書くものということも単に程度の問題であって詩の目的はその詩を作ることにあり、散文はそれを書き出す時の目的は決っていてもこれもそれを書き終るまではその目的の実現がどのような形を取るか全く予断を許さない。ルソオがこれから自分は誰もやったことがないことをやると言ってその告白を書き出した時にその結果が見方によっては惨澹たるその結果であることは想像していなかったと考えられる。或はもしそれでも自分が思った通りにした積りでいたならばそこにもルソオの狂気の一面が窺える。

出来上ってからのことならば、或は仕事が終りに近づけばトゥキュディデスとともに自分が書いた歴史はいつまでも宝であるものともランボオとともに自分は母音の文字にその色を与えたとも言える。併し初めからその積りだったというのは誰にもどういう出来上ったものに就ても言えないことである。ミルトンがその失楽園に就ての叙事詩の中でその目的が神の正義を明すことにあるとその一流の詩句で言っている。そしてその結果は、それを我々が読んだ印象は凡そそのようなものでなくてこの詩で我々を魅了しないでいない存在は悪魔である。又盲になったこの大詩人が光に呼び掛けている部分はこの詩での圧巻であるかも知れなくてそこでは光が光という言葉と一つになって詩人にそこの所を書かせた。或は娘達にそこを口述させた。そのことで気が付くのは我々が言葉を探すのも闇の中でだということで言葉を得て光が差す。それは詩でも散文でも同じであって散文ならばその光が論旨が進む方向を一歩照す。

言葉そのものが動くのである。それは次の言葉を求めてであって論理がその次に来てはならない言葉を我々に教えてもそこに来なければならない言葉を得るには我々は再び闇に眼を向ける他ない。その闇は際限がない言葉の群が或る言葉の次に来て言葉になることを求めて犇《ひしめ》くものでまだそのどの言葉も任意のものであるから光がない闇の中を我々はさ迷う。併しこれがただの闇で片付けられるものでなくてそれは我々の意識とともにあって凡てあり得ることが層をなして拡る世界でもあり、その意識がただそれだけで働く時にはこの世界が我々を我々であるものにしていると認められてそれは生命の意識でもある。そこに入って行って我々は言葉を探して出して来る。その際に正確にどのようなことが起るのかを我々は知る術がない。アンデルセンの「雪の女王」というお伽噺にケイという少年が雪の女王と北極にいて氷の塊を永遠という言葉の形に並べるのに幾ら苦心してもそれが出来ず、それがケイを助けに来たゲルダという少女に会って凍っていた心が溶けると氷の塊がいつの間にか永遠という言葉の形に並んでいるというのがある。ケイはそうして言葉を得る。

併しその努力はしなければならないようである。それが生命の意識に浮ぶ世界に入って行ってであってそこに求める言葉が見出せない為に全くの空白が拡ることになってもで言葉を得て空白がもとの世界の姿を取り戻す。又その世界は我々の記憶とともにあって息づくものであるからそこに再び我々を誘い込む働きをしてその時我々はそこに遊び、そこにあるものが言葉の形を現して詩をなして来たのであるのを感じる。そこまで行かなければ散文も書けない。我々は或る方向に話を進める積りでいてその点までは我々の自由であるが正確にどの方向であってそこに我々が何を見出すことになるかは我々が得る言葉が決定する。寧ろ詩や散文のことを言うよりも言葉の源泉をなすものが曾て繰り返して言葉だったもの、又いつでも再び言葉の形が取れるものが層をなしている世界であってそれは我々の精神の世界でもあり、そこに我々の記憶も生命の意識も結び付いていて最終的にはそこに無数の影像があってそれが生きて来る時に我々も生きているのを感じる。

これに比べれば言うことがあるというのは余りにも粗雑なことになる。それが実際に言うまでは言うことがあることにならないのであるから既に不正確であり、その言うことがあるような気がするのをこれが指すものならばそれがどういう結果を招くか全く予断を許さないのであるから何かがあることの部類に入らない。例えばその積りで演説を始めて考えてもいなかった方向に話が逸れて行くのはそれを聞いていても解ることがある。併し演説でもゆっくり言葉を探して行く態度でことに当る時はそれによって論旨が徐々に決り、それとともにその方向にそれを聞くものも導かれて行く。それ故にこの頃の我が国には演説がなくて喚きが耳に達するばかりである。一般に考えられていることと反対に演説も有効である為には自分に向ってするものでなければならなくて先ず自分が納得して言葉が生彩を放つ。これは草稿を読んでの演説でもそうであってそれを書いた時は納得したのであっても読むには再びそこの言葉に自分が働き掛けられることが必要である。

我々は言うことがあるのでなくて言葉に教えられることを求めて言葉を探す。それによって教えられるのが我々と我々がいる世界の状態であってこうして我々は言葉で我々の世界を開拓して行く。ギリシャ人にとって同じ言葉が論理でもあり、言葉を指すものでもあったのは論理の精妙は言葉の精妙を通してしか得られず、この二つの精妙は事実同じものだからだった。これは更に親密とも慕情とも生気とも受け取れる精妙である。我々に言うことがあるのではない。我々が望むのは言葉に触れて生きる思いをすることなのである。

何も言うことがないこと

今までに曾て読んだことがある本は自分が書いたものも含めて振り返って見ると別にどういうことが書いてあったのでもないという感じがする。ただ幾つかの言葉が記憶に戻って来るだけでこの頃はそれがそうである他ないのだと考えるようになった。我々が読む言葉はそれを読む毎に、或は思い出す毎に違った働きをして時には何の働きもしないこともある。それが言葉というものが生きている証拠であって例えば幾何学上の定義のように殆ど符牒も同様にただ一つのことしか示さないのでなくて言葉が言葉として用いられる時にはそれ自体が生命力を得て、或はその本来の命を取り戻して生きものが我々に対してどう出るかはその生きものと我々がその時置かれている状態による。これは或る本の言葉を引いてこれを何々主義と言った枠に嵌めることは出来ないということである。併しそれが始終行われていることを我々は知っている。又それと同時に所謂、読書人の名に価するものはそれをしなくて少くとも読書人の間ではそれが常識になっている。

このけじめがどうして生じるかは人間の怠惰というものと関係があることのように思われる。ここで言っていることの外観とは反対に誰かの言葉が厳密に何を語ろうとしているかを知るにはその言葉に直接に当って見る他なくてこれはある枠にそれを嵌めるという種類のことをするのとは違ってただ柔軟に持続的にその言葉と向き合っていることを我々に課する。要するにそれは言葉が語り掛けることに耳を傾けることに帰するのであるがそれには多少とも自分の頭を働かせなければならなくてその労を厭うならば前にもそういう言葉があったということで分類することで片付けるのが簡単であり、その為に主義というものが発明されたとも考えられる。ベエコンが排した演繹法であって先ず幾つかの枠を作り、そのどれに入れるかを言葉の大体の様子から決めて行けば本を読むことも機械的に出来る。或は一貫してそれをしなくても自分一人では手に負えなくなった時にそこに枠があり、主義がある。

併し言葉の方からすればそれでは片付かないのは言葉が伝えることが生きものとして生きたことをだからでこれはそれだけ精妙に、又精妙な形でしか言葉にならないことが我々に伝えられることであってもそれならばなお更これは別な言葉の形を取ることを許されない。ただその言葉があるだけでそれが或ることを語る。併し又それは生きたこと、それ自体が生きていて単に事実であるのに止らないことでそのことを言葉が我々に語るだけでなくて我々も生きている限りその語られたことに即して自分も生きて見ることになるからそのことでもし頭を働かせることを好まないならばこうした形で言葉を受け取ることは封じられている。その頭を働かせるというのは頭も生きている証拠であって生きていることを好まないということはない筈であるが他にもその為に体力が必要であり、その消費を嫌うならば頭を働かせることも控えなければならない。尤もそのように体力を惜んでそれを何に用いる積りなのか。

或る言葉が或る決った一つのこと、従って他の言葉でも表せることを指すものとする迷信を打破することから始めなければならない。そういう風に決っていることが所謂、事実なのであってこれは言葉で幾通りにも表せるのみならず言葉によらなくても表せる。又それ故にそれは我々の心を、精神を動かすに至ることがなくて物質と同様にただそれを用いればすむ。これは我々が生きていて生きたものにしか本質的に共感を覚えることが出来ない為だろうか。我々の精神自体が生きていてそれ故に物質の世界の外に抜け出られる。併しその精神の世界では或る一つのことがそのことに止ることがなくて他のこととともに流動し、互に浸透し合ってそのことであるのを得ているので又その為にそのことが他のこともそこにあることを保証して我々はそのことを通して世界の姿が確められる。言わばそういう一点を言葉で探り当てるのが言葉を用いる目的なのであってその言葉は無数にあって従ってその点も際限なくあってもそれは何れも一つの世界を指している。

我々はそういう言葉に出会う時に心を打たれる。又それは如何にも的確に、或は微妙に、或は簡潔に或ることを言っているという印象を与えてそれはその通りなのであるがその的確も微妙も簡潔もその言葉の向うに、或は奥にあるものとの繫りによって的確でも簡潔でもあるのであってそのことも言葉が表すもののうちに入る時に言葉で表されたことはその言葉で表されたことである他ない。併しそれもその言葉をなしているものの一部で言葉は生きている。そして生きものに対する我々という生きものの反応は予断を許さなくても或る生きものは我々にとってもその生きものであってそれが他のものになることはない。それはその生きもの、ここでは言葉に他のものと間違えることを許さない一口に言えば個性があることで言葉の場合はそれが我々に語り掛けてその度毎にそれが違った響き方をしてもそれは必ず我々にとってその言葉である。そのことから一般に言葉というものに就て考える道が開ける。

或る言葉が或ることを言っているからその言葉であるのではない。尤もこれは言うということの解釈次第であるが言葉で表されたことよりもそれを表すその言葉の働きがその言葉なのであって詩ならばこのことは自明である筈であるとともに散文でもこのことはそのまま通用する。或る事情を表す為に或る言葉が得られた。又それ故にその言葉はその事情を表していても事情の方もその生きた姿を示す限りでは生きものであって言葉もそのことに対応して生きて働かなければならない。従ってその働きは我々に時によって違った具合に受け取られても事情を表しているという一点で変ることはなくて事情の方も我々に一定した印象を与えるものでなくてもその事情であることはそのままである。それならばそのことを表す言葉の働きにも一定したものがあってタレイランがナポレオンによるアンギアン公の暗殺を評して罪悪である以上に過失であると言ったのは我々がそれをどう受け取ろうとこの暗殺をそのまま表している。

これは言葉の働きの問題であるから政治的な出来事に止らなくて一切のことに及ぶ。併し言葉を用いて何かを表すというのがそういうことである時に或る言葉を用いたものがその言葉でどういうことを言っているかということが一種の迷路に入る。もしこれを所謂、意味のことに取るならばこれも一般の考えに反して言葉の用い方が的確で微妙であればある程その意味は幾通りのものにもなり、その詮索をしているうちに意味の観念がここでは役に立たないことに気が付く。一般には詩にはその意味がなくても構わなくてその代りに詩というのが美しいものであることになっている。併し美しいというのは今日でもまだ何を指すものか解らない摑まえどころがない属性であって詩人もそのようなものであることを望んで詩を作るのでないことを我々は知っている。そしてこれに対して一般の考えでは散文にはその意味があることになっているが講釈が目的の駄文は兎も角文章の名に価するものにそうした意味を求めても無駄であることは既に示した。それで名文に心を動かされて従ってそれにはそれだけの意味があるという考えからそれを探して得られない時にそれ程その意味が深遠なのだということにもなる。又それ故に深遠な意味があるのとその類のものが初めからないのは同じことなのだと受け取っていい。

それで理解するということに就ても考え直さなければならない。普通は何か解らないことがある時にそれはこうだという説明をされてそれで解ったことになる。併しそれで解るのは物質に就てのことか物質に準じて単純な事実に就てであってこれはその程度のことでその全体が摑めるからである。或はそのことが理解ということの限界を示すものなので人から説明を聞いてそれで解って自分も誰かに同じ説明を繰り返してすむというのが理解であるならば我々が本当に知ることを望むことは凡てその外にあって知る為に先ず自分が努力しなければならない。例えば一人の友達を知るというのはどういうことなのか。そしてこれは対象が多分に精神の世界に属することであって精神は流動し、その全体も部分もなくて凡て緊密に一つをなして分割を拒否し、精神が精神を摑むにはその交互の作用しかないからである。それは言葉では説明が出来ないということではない。この場合にも言葉が用いられるのであるが言葉を用いた結果が所謂、理解に終る説明にならないのである。

精神上のことは凡て精神に属することであるから精神上のことを対象にするのは精神が精神を摑むことを目指すことである。そして我々の精神に就て忘れられ勝ちであるからなお更忘れてならないのはそれがその産物、或は寧ろ与件である言葉と同様に生きものであって生きているということでそれ故に他のやはり生きている精神を摑むことが出来るのであるが生きものを摑むのはその生きた状態でなので従ってそれはその瞬間に生きるのを止めるのでなくて又止めるならばそれを摑んだことにならない。我々はその刻々と生きている状態を認識するに至ったので我々の認識のうちでもそれは生き続けて我々もそのことを刻々に認識して行くのであってもそれ故にこそこうして確実に対象を知ることは意味、理解、説明と言った停止した状態にあるものにしか当て嵌らないことの限界を越えている。そして我々が知ることを求めているのはこうして知る種類の対象に就てであって説明出来ることならばそれを聞けば足りる。

これは我々が得た知識も我々のうちに生き続けるということである。再び友達というものを例に取るならば友達はその人間を知ったことで終るのでなくて終るならば知るに価せず、それが寧ろ始りであってその知識に即して友達は一層その人間になり、そのことで我々の知識も完成に向って行く。凡て知るに価することはそうであって知るというのはその対象と我々の精神の交渉が軌道に乗ることであり、そうして知るということ自体よりもそれによって対象とともにそれから生き続けるのが実際の目的なのだと言える。そうでなくて知識というものが我々を豊かにすることがあるだろうか。又それ故に知るというのは知るに至ったというその最初の一点に止るものでなくてやはり対象とともに幅を増して行き、その個性を獲得してそれが我々自身の人間も作る。そういう種類の知識でないものは得るに価しない。或はそれは便宜上することとであってその証拠にそれは我々の精神に何の跡も残さない。

言葉というのはそういう知識を得る為に、又伝える為に用いられるものである。それ故にこの場合の知識は必ずしもそう呼ぶことはないもので寧ろ別なものと見た方が実状に即する。その知るは親むということと同じであって我々が求めているのはただ知ることでなくて我々が親めるものを増すこと、従って我々にとって馴染みの世界を拡げて行くことであり、それが我々人間の世界全体に亙ることも辞すべき理由はない。そこにあるものが我々が親むに価するものばかりだからである。又人間の世界と言う時にこれを曾ての博物学の意味だけに取ることはなくて精神も、或は精神のことが主に対象であることはその世界がそこに拡ることでこれは幾ら親んでも足りるものではない。或は常に新たに親みを我々に覚えさせるものでそれは生きものであるから我々とともに生き、その世界に遊ぶことは修辞でなくて文字通りにその脈搏が我々に伝わるのを感じることである。又その世界と一つをなしてその媒介をするものが言葉であることを思うならば言葉が我々に生気を取り戻させるものであるということがそこでも一つの根拠を得る。

それで次にそういう言葉の言わば性質ということが出て来る。或は種類でも構わないのであるが言葉はその用い方でどういう効果も収めることが出来るもので我々の眼を我々が住んでいる世界に対して何かの形で開かせる種類の言葉に共通であるのがそれが所謂、人目を惹くということをしないことである。その働きの性質からこれは納得が行くことである筈で我々が驚くのは我々にとって思い掛けないことに出会うことによってであり、我々にとって真実であることは我々が初めからそこにあるという気がしていて或る時それが間違いなくそこにあってそれがどういうものであるかを知るに至るという方式で我々に伝えられることである。その時に我々は驚かなくてただその通りであると考えてそうして知ったことが我々に浸透する。それがその時から我々のうちに生き始めるのである。これはそのことを伝えた言葉がそうすることで生きるというのか、その瞬間に生きることでそのことを我々に伝えるのでその種類の言葉は我々に奇異に感じられることがない。

我々の記憶に残る言葉が凡てそういう親密に我々に語り掛けて人を驚かせる要素がない性質のものである理由はそこにある。又それは言葉が全く言葉であることを得ていることでもあるからその言葉の多くが散文でなくて詩であることもそれで説明出来る。或は散文もその域に達すれば詩と区別する必要はなくて言葉は殆どその響であり、それに応じて我々の眼が開かれて又その言葉が響く毎に開かれる。そしてその開眼というようなことからも奇異とか驚愕とかいうことを期待してはならない。それは眼を開かれるという経験をしたことがないものがそのことに就て夢想する結果で我々が眼を開かれて知るのは我々が前から知っていたことであり、ただそれまではそうであることだったことがそれからはそうでなければならなくなる。それだけの違いが我々の、又事物の生死を決定する境目なのでこれがそうである時にその決定に与る言葉が人目を惹くというようなことをすることと無縁のものであることも納得される。

従ってそうでなくて何かそこにあるという感じが初めからする言葉は凡て疑って掛ることが許される。そこにある感じがするのはそれが何であるか我々に解らないことでそのように我々に呼び掛ける代りに我々を呼び付ける働きをする言葉を追って行ってどこかに達するということは期待しない方がいい。そういう働きをすること自体が言葉の用い方に欠ける所があることを示していて言葉が言葉である為にはそれが我々にとって馴染みのものであるという印象を先ず与えるのでなければならない。又人間は事実そうして言葉に馴染んで来て太古から人間には自然の音とともに声で聞く言葉があった。最初に人間が言葉というものを得た時の畏敬、或は恍惚、或は陶酔は今日では既に想像も出来ない。併し人間はやがてその言葉に馴れてこれに自然の音と同じ親みを覚えるようになった。その点は同じでも自然の音と違って言葉は人間に自分が人間というものであることを確めさせてそれが自分に親む結果にもなってそのことに今日でも変りはない。

ただ変ったのは言葉の働きに顕著なものがあることでその方に気を取られたものが言葉というもの自体がどういうものであるかを忘れて言葉の働きに期待して言葉を用いるということが今日では珍しくなくなったことである。これは或る種の言葉を用いれば或る種の効果を収めることが出来ると決めて掛ることで強い言葉を用いればその効果にも烈しいものがあると現に一般に考えられている。併し言葉というもの自体の性質は太古の昔から変っていなくて先ず言葉があってこれが働くことでその効果が生じるのであり、それは言葉を言葉として用いることの問題であってただ例えば悲惨という言葉が出て来ることで我々が悲惨という印象を受けるとは限らない。所が言葉を言葉として、それが言葉であることを得る形で用いるというのはその言葉の論理に従ってこれを用いることであってこれはただ効果のことを考えて言葉を勝手に用いることは出来ないということである。ギリシャ人は言葉と論理を同じ一つの言葉で表している。

或る人間が幾つかの言葉を用いることでどういうことを言っているかとそのことを先ず考えるのも言葉の効果、それも言葉の働きを念頭に置かずに言葉を一足飛びに言葉の効果と結び付ける速断の結果である。又これは要するに言葉がどのように働くものか、その働き掛けを率直にそれと知って受けたことがないことから来るので言葉をその意味と取るのも同じことの別な一例になる。そして言葉の働きに就て解ることの一つはそれがどういう場合でも一定していることで効果のことばかりが頭にあるとこのことも見逃されるが言葉の働きが一定しているから言葉を用いて何でも表せるのである。そしてどのような効果でも収めるそうした言葉の働きに馴れて来れば、それに親むことを重ねていれば先ずその働きに惹かれることになるのでそれが一定している為に飽きるということがないのは自分が生きていることを我々が繰り返して意識してそれを常に新鮮に感じるのと変ることはない。それだけの豊かなものが我々の生命にも言葉の働きにもある。

その為に魅せられることになるだけでなくてこの働きが言葉で収めるどのような効果にも優先するということも言葉に親むことによって解って来る。我々が言葉に親みを覚えるのはその働きにであるとも言えるので或る言葉が我々に呼び掛けることでそれは既に働いている。それで収められる効果は確かに多種多様であって普通はその方に言葉の領域でのことで重点が置かれているが、それならば或はここでも詩を材料に取り上げることが参考になるかも知れない。その詩で語られること、そこで扱われていることも千変万化である。併し詩で我々が先ず魅せられるのも言葉が完全に言葉であることを得ていなければ通用しないこの詩という形式での言葉の働きであって最後まで頭に残るのもその働き、或は響であって散文でも実際にはこのことがそのまま当て嵌る。尤も教訓とか事典風の知識を求めて本を読むならばその方が先になる。併しこれは必ずしも言葉を通してでなければ出来ないことでなくて言葉に親めば先ずその言葉が響き、それが最後まで残る。

我々がそれで我々自身に、又我々が住む世界に連れ戻されるということはあってこの働きも言葉というものから切り離せない。併しそれならばそうした我々の位置と状態の確認をそのまま言葉の働きと見做して他の効果を収めることになるものも凡てその働きのうちに含めることも許されてそれ故にこの言葉の働きには我々の生命と同じ豊かなものがある。そしてこれは目的なしに、或は目的はどうだろうと構わないという立場から言葉を用いることにならなくて言葉の方が我々に示すものでも言葉を用いる目的、或は目標はあり、又初めから言葉を用いる方に目的があって三一致の法則の不備を指摘するとか人間が救われるには神の恩寵が必要であることを示すとか男女の愛を語るとかする為に言葉が用いられることもある。併しその場合もしそれが文章と呼ぶに価するものならば我々はその趣旨に向って運ばれて行きながらそのこと自体が言葉の働きに惹かれることによってなのであり、それで我々が本を読むのである証拠に我々は三一致の法則の欠陥を知る為にジョンソンを、或は神の恩寵に就て教えられることを求めてパスカルを読むのではない。

或はそれが未知の事柄である間はその為に読むということも考えられる。併しそれならばジョンソンやパスカルを繰り返して読むというのはどういうことなのか。又神の恩寵というようなことは我々にとって縁がないことである筈である。併しそれでも我々はパスカルを、或はその他どういうことを特別に求めるのでもなくてヒュウムを、或は荘子を、或はラフォルグの短篇を読む。それで併し「聊斎志異」を読むのではないということがあるだろうか。確かに我々はこの本を読んでいて狐や幽鬼が普通並に人間と暮している世界に連れて行かれて時には夢心地にならないこともない。併し一つだけ例を挙げて若い女の形容に才姿慧麗という言葉が用いられているのはその通りの印象を我々に与えると同時にそれもこの四字、或は四語の用い方が妙を得ている為であることをいや応なしに認めさせられる。何かのことを語る為に、或はそれに就て述べる為に言葉が用いられて我々はそこにある言葉に働き掛けられることを求めて本を読む。

その所謂、内容に我々が関心を持たないというのではない。併しその逆の方から行くならば文章の名に価するもの、そこでは言葉が何れもそのあるべき位置にあって言葉の働きをする種類のものは必ず読むに堪えて我々はその内容の性質に拘らずそれを読んで又読んだ思いをする。それはもし自分の立場と言ったものがあるならばそのようなことと全く関係がないことでパスカルを読むのにキリスト教徒である必要もなければシャアラザアドの話に魅せられるのに回教徒でなければならないということもなくてただ意識の動きからすれば我々はパスカルと付き合っている間はキリスト教徒のジャンセン宗派であり、それがヒュウムならば無神論者である。我々が実際に何を考えて何を信じるかは我々自身が言葉を用いて決めることであってそれにはその他に多くの言葉に親んで来たことが助けにはなってもその為に我々が言葉というものに親んで来たのではない。ただ或る時に、それも恐らくは既に記憶に残っていない頃に言葉が我々に語り掛けたのである。

併しその言葉の世界は我々が住む人間の世界と丁度同じ拡りを持つものでその言葉の世界に親んだことは言葉を通して人間の世界を意識し、これを我々なりに開拓して行ったことなので言葉を通してでなくてそれをする方法は我々に与えられていない。従って言葉が語るその内容の性質を問わないということはなくて我々の世界が言葉を通して得た影像で出来ているのであるから我々は言葉が語ったことをその言葉とともに覚えている。併しその言葉の働きは一定していてその効果の一つは対象をありのままに表すことであるから影像の方も歪められることがなくて我々に伝えられてその影像がなす世界はその通りに我々人間の世界であり、そこに立ってそれをどう我々が思うかはその上でのことである。ただ確かなことはその世界に就てどのようなことを言うのであってもその世界がその形をしてそこにあることで奇異なことを言って一時的に人を欺瞞することは出来てもこの世界の像を長く歪めて置くのは難しい。

こう書いて来れば当然のことながらこれは我々が求めるのが奇異であって人目を惹く種類の説でなくて我々が住む世界をそれがあるままに示す言葉であるということでそれが簡単なことであると考えてはならない。我々の眼に常に触れて我々が疑いもしなくなっていることがそのまま世界の姿を表すものではなくて眼を働かせなければ外見が真実を語るものとも思われて来る。我々の周囲にあるもの、又我々のうちにあって我々をなしているものをその通りに受け取るには人の意表に出るということと違って地道にその対象と向き合うことが必要でその上で認めたことを表す言葉は我々にも我々が前から知っていたこと、或は知っている筈だったことに響く。それは要するに当り前なことなのでこのどうもなくて疑いようがないという性質がことの真偽を知る決め手であってこれは精神のどれだけ深奥のことにも通用し、そこまでこの規準を守って譲らないことがものをありのままに見るということである。それを見るものにそうして見るに至ることを得させた言葉が真実を語る。併しそれは我々がその通りと受け取ることを語っているので例えば標語に使うのに適していない。

併し標語に使えるとも取れることを言った優れた文章家もいる。我々がニイチェという名前で直ぐに思い浮べるのが超人ということで超人主義というような言葉も既に出来ているかも知れない。併しニイチェで打たれるのはそうした仮設でなくてその仮設を立てるに就てその材料になっている人間というもの、更に厳密には人間の精神に就てのニイチェの観察であってニイチェが最初に説をなしたギリシャ悲劇というものまでこのことを遡るならばニイチェが見たのは人間の精神の世界にどれだけの暗黒の部分があるかということであり、それにも拘らず、或はそれ故にこれに全きを得ている人間であることで向って行く必要だった。その必要を前にしては憐憫というようなことは意味をなさない。それをニイチェは言っていて又言い得ているのでその為にそれが我々にとっても自明のことになるのであるが我々にそのことを疑わせなくするニイチェの言葉は生き生きと響く。又これも我々が知っていていてただその価値、或は真実に就て考えずにいたことである。或は既に考えていたのならば真実を語る言葉はやはり生き生きと響く。

それで我々の記憶に残っている言葉でその為でなくてそれを言ったものの他のもっと標語風に取り付き易い言葉のお蔭で人の間に流布するものもあるということが考えられる。併しそれならばそれは誤解されてで標語風の言葉の方が説をなすには便利であってもそれ以外にそれは何の役に立つものでもない。これは我々が知っていいて我々が既に覚えている親みを増す為に更に幾らでも知る余地がある世界に就てそれは何も教えてくれないということで又逆に我々が知って置きたいことを教えてくれる言葉はただ我々がいる所に我々を置くばかりであるから説をなすに適していない。それはもしここで価値がある言葉という言い方をするならば凡て価値がある言葉は我々がいる場所に就て語るという同じことをしているということでその魅力、その為に我々がいる周囲を再び見廻す思いをすることを知らずにいるものにはこれは同じことを言っている言葉に出会うのを繰り返していることになる。

これは人間の世界は人間の世界であってそれに幾通りもある訳がないと考えるからである。確かにそれは一つしかないものであるが我々の生命も生命という一つのものでしかなくてそれ自体に眼を向ければそれが一つしかないというようなことでなくなる。我々がアポロとともに舟を進めるのも人間の世界であり、その海底にディオニュソスの姿で蹲《うずくま》るのも人間の世界である。ただそれを貫くものが人間であることであって人間である我々にとって知ることを望む材料からすればこの世界には限度がない。併しこの豊富に対してそれが人間の世界というただ一つの言葉で表されるということがあって多少とも努力をしてその世界に就て知ることを好まないならばそれは単に人間の世界というものであり、それで恐らくは退屈する。又それで標語風の言葉に取り付くということもあり得る。又この世界のどこに行ってもそこには人間がその影を落しているということがあってそれから先は人間であるという自覚に掛って来るようである。

併しここにもう一つ真実を語る言葉と標語を区別するものがあってそれは標語は我々を現に

いる場所にいさせないということである。どこに我々を連れて行くのかは解らないが超人とか須く何だったかを超越するとかいうことは少くとも我々に自分に即することを止めさせる働きをして言葉は我々自身が受け取るものであり、それが上の空でのことで便利とか退屈しないとかいうのは余り助けにならない。又もう一つ確かなことは自分が今生きていることに直接に眼を向けてそれを不満に思うということがないことで不満は自分が現に生きていることから眼を背けていることに対してであってその不満が続けばその先は知れている。併しその途中で我々を現状に立ち返らせるものの中に言葉の働きがあり、そのことからここでも出直していい。そういう言葉が真実に響いて我々も真実に戻るのはそれが標語でも符牒でもない言葉であるからで言葉である限りそれ以外のものは用をなさない。それならば言葉に接するとか親むとかいう場合の言葉もそれ以外のものでなくて又そうであるからここで考えて来た種類のことが通用する。併しそうするとこれも既に触れたように言葉と言葉を用いてすることに就て一般に信じられていることの多くを訂正しなければならなくなる。

現在では誰かが書いたものよりもその誰かの名前の方が重く見られている。又その過程にも奇妙なものがあって誰かが仮に一冊の本を書いてそれが或る程度行われると今度はその人間の名前が知られることになって本の方は忘れられる。併しこれはどれだけ有名な人間の場合でもその逆でなければならない筈で書いたものというのはそれ自体に価値があるかないか、要するにそこで言葉が言葉であることを得ているかどうかに一切が掛っているのであり、それが文章をなしている時にその余光でそれを書いたものが多少は人の噂に上っても我々にとって大事であって念頭にあるのはやはりその本の方である他ない。実はその本があればその人間はいなくていいのである。併しこれが逆であるのは詩が言葉で作るものであるのと同様に散文も言葉で書くものであることが忘れられている為であると思われて何故それがそうなるかと言うと再びそれは言葉をその意味と取り違えているからである。或る意味、外国語の意味を字引で引くその意味のことを表すのならば言葉は幾通りにも用いることが出来る。併し我々の世界の或る一端に就て言いたくてそれをなし得た時にその言い方はその一つしかない。

従って或る人間が或る一冊の本を書いてそれが本と呼べる程のものならばその人間にとってもその本はその一冊があるだけである。これはその本がなくても同じ人間の他の本があるならばということはないということで更に率直に言えば我々が或る言葉を得た瞬間にその言葉は我々から離れて行く。或はそれが我々のものであるのは他の人間の言葉も我々のものであり、やはり我々を現状に立ち返らせるのと変らない具合にであって又それ故に自分が書いた本でもそれが特別な意味で自分のものだということはない。ただ自分が書いたものならばそこで用いられている言葉の隅々までが自分の耳に響いて、或は自分の隅々まで言葉が響いてそれだけ親みを覚えることになるということもあるだろうか。併しその場合は全く自分という或る人間である。最も奇妙に思えるのは言葉が誰でものものである時に我が国では現在誰かが或る言葉を得ればそれがその人間のものであることになっている一方その言葉はどうでもよくてそれを得た人間はその為に何かであると考えられていることである。この本末顚倒は二重であってその間の関係が解らない。今更誰かが書いたこと、その誰かが得た言葉がその人間の原因であるというヴァレリイのこれも当り前なことを言った言葉を引き合いに出す必要があるのだろうか。

これは結局は言葉を記号と見ることが根本にあって事情を混乱させているのだと考えられる。それが数学の正負の記号であっても構わないというのであるが数学では或る量が正であるか負であるかが解ればその記号の役目がすむのに対して言葉をそうして用いるのは少しも言葉を用いたことにならない。それが出来ないことではなくて例えば売薬に貼ってある札にはその目的で用いられた言葉が刷ってあり、これも薬の使い方が解ればその言葉の必要がなくなるのであってもその目的は絵を書いても果せることでそれでは片付かない所から言葉がものを言う世界が始る。その言葉は意味が解るというようなことでどういう効果を収めるものでもなくてその本領は示すことでなくて語ることにあり、これは語られていることが語られている間はそこにあるということである。それを語る言葉とともにあるというので従って言葉がある間はそれが語られ続けて更に意味を得ることも意味というようなものを越えることも出来て我々は言葉を通してその言葉が属している世界を見る。

それ故に人間が任意に言葉を用いることは許されない。その目的が薬の効能書を書くことならば出来てもこれは稚拙な図を引くのと変らなくて要するにそれは物質の世界に就て指示を与えることであり、それが言葉でしか表せなくて言葉とそれが表すものが一体をなしている精神の世界では言葉を用いるのが言葉に耳を傾けることでもあって言葉が属している精神の世界の秩序に背いては言葉が言葉の働きをしないからその秩序、その世界から一つ一つの言葉を得なければならない。これが厳密な意味で論理に従うということである。又それ故に或る言葉を得たことがそれを得た人間の功績であるというのは修辞的にそうでしかなくて精神の世界は一つであってそれが人によって、その人の才能如何によって違うというようなことはないのである。寧ろ言葉を得ることは得た人間の前世からの約束なのか、それは要するに一つの出来事、その人間の幸運であってそれ故に言葉はそれを得た人間を決定する。

従って言葉は誰のものでもなくて人間はただそれを用いることが出来るだけである。それを用いるのが人間、或は或る人間であってもその用い方は精神の世界が決定する。そのことを思えば個性というようなものも才能とか天才とかいうものと同様に多分に疑惑の余地を残すもの、或は仮にそれが実在するのでも大して顧慮する必要がないものになって我々にとってなくてはならないのは精神も含めての人間の世界なのでそこに遊ぶことが許される限り我々人間に不足はない筈である。例えば個性がある人間であることを望むというのはどういうことなのか。それよりも人間である人間であることとの方が望ましくなくてはならなくて凡ての点で全く同じ人間というものはないのであるから個性も鼻の恰好位のことに考えればすむ。仮に個性があっても又それが才能であっても天才であってもそれで言葉が得られるのではない。そのようなものがなくても言葉を得る時には得る。そこにはただ人間と言葉の関係しかない。

人間の世界というものがあってそこにいる人間には言葉が与えられている。この基本から出直した方がよさそうであってこれに後になって加えられたことはその結果から見てただ物質上の技術の発達とそれによる各種の歪曲でしかないと考えられる。その発達と歪曲の何れもなくしたいというのは意味をなさない。併し本というものが普及してどこに行っても本があってそれに題名とその本を書いた人間の名前が記してあれば例えば一人の職人が作った細工品がその職人のものであるようにその本もそれを書いた人間のものであるという錯覚を起すことにもなってこれは警戒を要する。それが職人が何か物質である材料を使って作ったものならば物質は従順に精神の跡を刻されてその物質と精神の兼ね合いは個性だろうとどうだろうとその職人のものであると認められても言葉は初めから精神の世界のものであるのみならず誰でものものであって或る人間がそれを用いてそれがその人間のものになるのではない。もし文体ということを言うならば文体はそれを身に付けた人間のものである以上にそれをその人間に託した言葉の仮の姿である。

本が並んでいてその一冊毎にそれを書いた人間がいてその本がそれを書いた人間のものだとこれは必ずしも間違いではなくて一般に考えられている。又本の普及は今日までにものを書いた人間の名前やその人間が書いたものも人が知る所にさせてシェイクスピアの芝居にロンサアルの詩と少くともそういう名前と題名だけは一種の常識になっていることが一層のこと人間と言葉の関係を持主とその所有物というこれは明かに間違ったものに作り上げるのを手伝っている。併しそれは実際にその本を読み出すまでのことでそこにある言葉に親めば、或はどういう方法によってでも言葉というものを知るに至れば言葉は言葉と繋ってその世界を生じ、或はそれを我々に示してそこに誰もが出入することが出来ると同時にそこでは誰も自分の縄張りというものを持つことが許されない。そこではシェイクスピアと荘子と又その読者は、又誰でもが誰でもと資格の上では等しくてそれはその何れもが言葉というものを知っている人間だからであり、その世界では言葉と人間の関係が自然に守られている。そしてそれも我々人間の世界であることを忘れてはならない。シェイクスピア、或はロンサアルがその詩を捧げた愛人の名がその詩によって永遠に残ると言っているのはそれに用いられた言葉で我々を打つ。併しそれは言葉を用いる人間というものにその時は自分がなって自分の愛人を讃えるその栄光を歌っているのでその言葉の後に詩人は姿を消している。

これは実際に言葉を用いて見れば解ることである。例えば戦場で敵が決定的に負けたことを知ったもう一方の指揮官が得意になるということはそれが名将というものの境地であるかどうかは別として少くとも我々に一応は想像することが出来る。併し或る言葉を得た時の自分の状況というものを点検するならばそれを得たのが自分であるという意識は全くなくてその言葉が得られてその言葉が響くのが自分というものに取って代るのを感じるばかりである。又それが確実に言葉を得た証拠になる。それまでは言葉を探す自分というものがあった。併し既にそれを得たのならば自分に用はなくてその代りにその言葉がそこにある。又それを繰り返しているうちに一篇の文章が得られてその文章も自分には用がないから自分から離れて行く。或る一冊の本を書いてそれを指してこの本を書いたのは自分であると言えるだろうか。これは商業的にはそうである。併しその本と向き合うならばそこにあるものはその本を書き終るまでの言葉との長い付き合いでそれが実際に言葉と付き合ったのであるからその言葉も思い出せる。併しそれは言葉の世界に呼び掛けてそこから与えられたものである。それ故にギボンは「ロオマ衰亡史」を書き上げて言葉との別れを惜んだ。

従って言葉を用いるというのは所謂、創造ではない。もしそれまでなかったものを作るのが創造ならばであるが物質を材料に使った美術のようなものでは精神と物質が相互に働くその組み合せがまだ尽されていないということも或は考えられる。併し言葉を用いてすることはそういう新規の効果を狙うものでなくて言葉を言葉であるまま働かせることに掛り、その言葉の働きは太古以来のものであってこれは人間とともに変ることがないものである。或は言葉が或る具合に用いられているうちにそれが言葉の働きをしなくなってその為に新たに工夫するということはあってもそれで目指されるのは言葉がその働きを回復することで言葉が人間に呼び掛けるということをするかしないかで言葉を用いることの成否が決る。これは人間の長い歴史のうちにどれだけ新しい言葉が生じて従ってその用い方にも変遷があったのでもで言葉が我々に呼び掛けてそこに言葉があることを我々は認める。又言葉がそれをする為の工夫を言葉の用い方の発達と見るならばその発達も我々とともにあり、その目的は常に一つである。もしその工夫をしたことの功績ということを言うのならばそれは人間に言葉が与えられて以来それをし続けた人間というものの功績であって名前を付けて呼べる或る人間のものではない。或はその工夫をすることが人間である為の一つの条件とも考えられる。

こうして言葉が働いて我々が確認する世界もそこでの我々の位置も初めからあってただ時にはそこに自分を戻すのに言葉が必要であるものであって言葉を用いてそれまでなかったものがそこに現れるということはないだけでなくてそのようなことは意味を持たない。或は現れたと思うのは我々が忘れていたことでそこに戻ることで曾て言葉を用いて望郷の念を適えさせられた人間の数に我々も加る。それを繰り返しと見るかどうかは生きることがそうであるかないかに掛っていて夜が明けて朝になるのも繰り返しであっても朝になって我々はそういう印象を受けない。或は受けるならばそれは既に死期が近づいているのである。併しそれが近づいていてもどうだろうか。我々が死ぬ日の日光、或は電灯の明りというものが考えられる。又その時に言葉は一層のこと言葉の響を聞かせるに違いない。既に生きる煩しさがなければ雑念が去って昏睡状態に陥っていなければ死ぬ時に頭は冴えるものだからである。

言葉がそういうものであることを思えば言うというのが普通に考えられているのと違った行為に見えて来る。一般には或ることを言う積りでいてそのことを言うことになっているが言うというのは言葉を用いることであってその言葉がまだ得られずにいて言うことが解っているというのはただその気でいるということにしか取れない。これは実際にはそのようなことがあり得ないということでその先が大事である。或ることを言う積りでいるのでなくて或ることが頭にあるのでそれが何であるかを知る為にも言葉を探すという言葉を用いる作業の一部が始る。そして言葉を得るに従って自分が言うことの輪郭も解って来てそれが解った時にその仕事が終るのであるがそれが言葉を得るに従ってであっても最後の言葉を得るまでは解るということも終らなくてそれまで我々は言葉を追って行く。それが書くという形を取ることもあり、又普通はこの操作が考えると呼ばれているもので従って書くのと考えるのは操作の上からは同じことを指し、それで言うというのはその外観、或はこの操作で重ねられて行く言葉を或る初めから一貫した行為と見てのことになる。併し言葉を追って考えるということをしなければ言葉は重ねられなくてこれは言うというような簡単なことではない。或は少くとも演説する形で立て続けに出来ることでなくて従って言うというのが外観であるのはそれだけで明かであり、又普通は言うということをした結果と見られているものが考えることでしか得られないものなのであるから言うというのがただ口を利く程度の行為に限られる。

結局は言葉との交渉になる。それ故に或る人間が或ることを言っているということを聞くのでなくてその人間が実際に用いている言葉に当って見るのでなければその人間の精神がそこでどのように働いているかは解らなくてそれが解ればその人間がどういうことを言っていると一般に見られているかは問題でなくなる。マキアヴェリの「君主論」が権謀術数に就て説いたものであるの類である。既にどういうことを言っていると見ることが曖昧極る話であるのみならず実質的に間違っている。或ることを言っていると簡単に要約した結果で言葉が伝えることに代えられるように言葉というものは出来ていなくてその言葉自体が或ることを言っているのでなくてそれよりもその言葉を用いた人間の精神の働きを我々に伝える。我々はその人間が考えを進めて行くのに参加するのであってそうすることでその人間にとっての問題が我々自身のものになり、その解決に自分も向うことで我々は何よりも人間の精神に言葉を用いてどれだけのことが出来るかを知る。せめてその挙句に達した結論を取り上げてその人間はこういうことを言っているということになりそうにも思えるが所謂、結論は精神の運動が終ったことを示すものに過ぎなくてもし結論というものがあり得るならばそれは寧ろその精神の運動自体にある。

その解決とか結論とかを求めたがるのも怠惰の習慣から来ている。それはそこに達するまでの精神の作業が省きたいからで結論というのがその作業が終ったことを示すものに過ぎないならば結論のことばかり頭にあるのは小説の筋がどう終っているかを知る為に小説の最後の部分だけを読むのと変ることはない。それで主人公が死んだか死なないか位のことは解る。併し小説の筋というのは丁度或る人間がどういうことを言っているかということに相当するもので小説の世界もそれとは別な所にある。どこにあるかと言えばやはり言葉が重ねられて行くその曲折にであってそれによって生じる心理の波や木の葉の戦ぎにその小説があり、それが一篇の小説でも初めから終りまで読まなければその正体は解らない。或はその小説の世界と付き合ったことにならない。併し何故そうまで言葉というもの、又それを追うことを毛嫌いするのか。我々は言葉というものに親みを覚えてこそ本を読みもする筈なのである。

凡てはこの親みの問題であるようにも思われて来る。もし言葉に親みを覚えるならば先ずその意味を探ることから始めるということはしないものであって言葉が言うことを聞いてからそれをどう受け留めるかということに移ることになる。或はそれを聞くうちにその言葉が精神のうちに形を取って来てその形が明確になった時にそれを精神は受け留めたのであり、それがその言葉の意味というようなことにならないのであるよりももっとその言葉全体が精神のうちにある。そういうことを一般に聞かないのは言葉に就て知ることが少いものが最も多く言葉を用いてすることに就て語るからに違いなくてそれが言語学でも社会学でも学問に擬せられて誰のものでもあるものが専門家に任せられる。それで例えば文学者というものが出来る。これは言葉を用いてすることが仕事であるものとそれを学問の形で取り上げるものの両方を含んでいて一方では学問であることが言葉を用いることにも影響しないでいない。

どういうものでも学問の対象にされることでその自然の状態でのそのものでなくなる。その自然の状態では保たれている他のものとの連係を断たれるからで言語学で扱われる言葉はその標本に過ぎない。それは台紙に載せられたその残骸であって生きた言葉を学者の眼で見る時にニイチェが言う言語学者が現れるのであっても学問には人間も学者の標本に変える傾向があって学者でないものが学者である錯覚を起せばこれは台紙にも載らない標本である。又それが言葉というのが誰のものでもある証拠とも見られて専門家のものでないものに専門家が手を出せば誰もが専門家になる。これはそれが行われている全域に亙って言葉が死ぬということである。それには言葉に近づくのになくてはならない言葉に対する親みが先ず失われてこれに続いて言葉そのものを棚に上げての言葉に就ての議論が横行する。従ってその議論に用いられる言葉も死んでいる。

それ故に普通に用いられる言葉も生命がないものになる。これは既に教育の問題でなくてもっと基本的に言葉というものが見失われているのであり、そこまで行っている欠陥を制度で救うことは出来ない。併しそれで解る通り欠陥がもし本当にそこまで行っているならば今日の我々は言葉というものを奪われている筈であってそのようなことはない。ここにも表面の現象から推定されることとその表面に隠されている実状の食い違いが見られて言葉を用いて作り上げられた表面の下で言葉は今日でも用いられている。ただその実状に即して言葉に就て言うのをそれと食い違った表面が邪魔をするので表面をただ上辺だけのことと考えてもそれで放任して置くうちにはそれが厚い層をなすに至ることもある。やはりこれは破る必要があるのだろうか。併しそこでこの食い違いがものを言うのでどのような事情からでも実状との違いが余り大きくなればそれと違っているものの方が破れる。

今日では言葉の数が非常に多くなっているということもここで認めなければならない。それでこれを整理するという考えも生じ、その中に人に読まれている本がある時にそれを書いた人間がそこでどういうことを言っているかで片付けるということも入る。例の主義もそうである。又そうなれば自分で本を読んで先ずその意味を取ることを考えもする。併し見逃してならないのは言葉の数がどれだけ多くなってこれからも殖えて行くのであってもそれが言葉である限りではそれだけの言葉以外のものでない言葉がそこにあるだけだということでその言葉に我々人間は昔から親んで来た。又それは一つの言葉でも言葉が幾つそこにあってもでそれがプルウストの長篇のようなものでも一行の発句でも我々に語り掛けて来るのが言葉であることに変りはない。又その上での言葉の働きも同じで一つの言葉を得てそこに世界が開けるならば老子の五千言もその同じ世界に我々を遊ばせてくれる。それが同じ世界であることが或は大事であるかも知れない。スウェエデンボルグの幻想、或は視力も我々を人間の世界の外に連れ出すことはない。もしそうでなければスウェエデンボルグは読めない筈である。これは世界そのものが我々に親しく語り掛けて来るということである。それを言葉が我々に知らせる。

後記

この本には昭和四十五年から今年に掛けて書いた多少とも纏ったものでまだ他の本に入れてなかったものを収めた。その最初の一篇に付けた題を本の題にしたのはその各篇を通読してこれは偶然のことでも言葉というものに就て書いたものばかりであることに気が付いたからである。或はもう言葉に就て書くことはないかも知れない。

昭和五十年三月

著者

解説——吉田健一の「言葉」の新しさ

宮崎智之

吉田健一は、「維新の三傑」の一人である大久保利通の曾孫にして、戦前に内大臣などを歴任し、二・二六事件で青年将校らに襲撃された牧野伸顕の孫、そして昭和の大宰相・吉田茂を父に持つ。その経歴が注目されがちだが、批評、随筆、小説、翻訳といった幅広い文芸活動を展開し、没後五〇年近く経った今でも読者に親しまれ、このたびのような復刊がされ続けている。そうした復刊、もしくは新たに編まれたアンソロジーによって吉田文学に出会った若い人は多いのではないか。影響を受けた現役の作家もたくさんいる。本書『言葉というもの』は一九七五（昭和五〇）年六月に筑摩書房から初版が発行された。本書は、その重要性にもかかわらず、吉田の主要著作としてあまり陽の目を見てこなかった。本書を愛読し、たびたび自分の文章で引用してきた筆者としては、まさに待望していた名著復刊だといえる。

本書のタイトルにもなっている「言葉」は、吉田がずっとこだわり続けてきたテーマだった。

英国のケンブリッジ大学を数ヶ月で中退して、日本に帰国。当時は外交官だった吉田茂の長男として海外生活が長かった吉田が、言葉にこだわったのは当然の宿命だったのであろう。当初は日本語で文学することに苦労した吉田は、訳業や「食う必要が、自分も食い、家族にも食わせ、彼等のために住む場所をさがす必要」（中村光夫「自己表現について」）があったため書いた随筆などによって、次第に自身が文学するうえでの言葉を獲得していった。

吉田の初期批評群の中で重要な著作である一九六〇（昭和三五）年刊の『文学概論』は四つの章で構成されているが、その最初の章に「言葉」が割り振られている。文学の概論について示そうとした著作の冒頭に「言葉」を持ってくるところに、吉田文学の独自性を感じる。それ以降も吉田は言葉をテーマにした文章を数多く書いているものの、本書の「後記」には「或はもう言葉に就て書くことはないかも知れない」と記している。つまり本書には、吉田が執着し続けてきた言葉についての総決算ともいえる側面があるのである。本書は出版までの約五年の間に書いた文章が収められていて、「その最初の一篇に付けた題を本の題にしたのはその各篇を通読してこれは偶然のことでも言葉というものに就て書いたものばかりであることに気が付いたからである」（「同」）とあるとおり、吉田はいよいよ言葉の問題に決着をつけようとしたのではないか。筆者が本書を重要著作だと思う理由のひとつがこれである。

「文学が言葉であるなどということは改めて断るまでもない」(「言葉というもの」)という一文から本書は始まる。これほど力強い宣誓文がほかにあるだろうか。文学は言葉である。文学は言葉でつくられた世界であり、それ以外ではあり得ない。では、その言葉とはどういったものであるか。本書では多様な議論が展開されているが、たとえば詩は言葉がどこまでも生きて、一連の言葉に固有のものとして響く作用があるとしている。そして、その言葉が中心となって人間の世界が周囲に広がっていなければならず、「凡て詩、或は紛れもなく言葉であることを得た言葉にはこの作用があり、これは言葉の生命はその律動とともに我々にも伝わって、我々にとって我々が生きている場所が我々の世界の中心であることで説明出来ることかも知れない」(「同」)とある。そのことは散文でも同様であると吉田は述べている。

「文学は言葉であり、言葉は人間の世界を形成する。「我々が生きている場所が我々の世界の中心である」という意識は、言葉が人間の精神に働き掛けることによって生じる。優れた詩や散文は精神の歪みを調整し、正常さを取り戻させる。それは肉体上の健康を楽しむ爽やかな経験に似ているという。吉田にとって、言葉は抽象的なものなのではなく、具体的に世界や精神、肉体に作用するものだと捉えられていることがわかる。筆者が吉田を信用するのは、こういった地に足がついた文学観である。言葉を主義に当てはめたり、記号的などこか空疎なものとして扱ったりすることがない。吉田本人が摑んだ具体的な言葉の感覚がそこにはある。借り物の主義や主張に当てはめるように言葉を使うのは、吉田が最も嫌ったことだった。

「読むことと書くこと」では、興味深い読書論、執筆論が展開されている。吉田が例に出しているのは「友達」である。「例えば友達と話をしていてその友達が言うことを美だとか真だとかは考えないのみならずそれを聞くのに鹿爪らしく身構えるようなことを我々はしない」。この場合は話し言葉が想定されているが、人は話すときよりも文章を書くときのほうがはるかに多くの注意を払うことが普通だから、書かれた文章はそれだけ完璧な形をとることになる。「それならば友達の話を聞くよりも友達が書いたものを読んだ方が単に言葉の働きという点からすれば有効にその働きが受け留められて友達の本ということから一般に本というものに就て考える時に我々は始めて一冊の本と対話が出来る」（「同」）。この文章は少し意味を取りづらいが、つまりこういうことになる。本は、人間が人間に対して語りかけるために書かれたものでなければならず、そこには語り手と聞き手、書き手と読み手の関係が成立する。その関係を離れた本や言葉というものは、一般的には存在しないということだ。

「友達」については、本書の中でも珠玉の一篇といえる「何も言うことがないこと」で、こんなことも書いている。「再び友達というものを例に取るならば友達はその人間を知ったことで終るのでなくて終るならば知るに価せず、それが寧ろ始りであってその知識に即して友達は一層その人間になり、そのことで我々の知識も完成に向って行く」。確かに友達は、その友達のことを知ったり、理解したりしたら友情が完結するわけではない。もしそうだとしたら、親しい友達などをつくるべきではないだろう。これは本や言葉にもいえることではないか。もし、本の内容をすべて理解して終わりなら、それは回覧板や機械の取扱説明書と何ら変わることはない。しかし、読書家なら誰もが知っているとおり、親しくなった本や言葉とは、何度も語り合うものである。それが文学のひとつの要素であり、文学は情報ではない。

吉田は、知るに価するものについて、そのように考えた。知るということは、対象とその人間の精神の交渉が軌道に乗ることである。知るということが目的ではない。知った対象とともに、知ったあとも生き続けることが、知るということの目的ではないかと吉田は読者に問う。それは対象に親しむことでもある。この親しみなくして、文学は文学たらしめない。

ここで今一度、「文学が言葉であるなどということは改めて断るまでもない」(「言葉というもの」)の一文を思い出したい。吉田は言葉についての議論で、「新しさ」という鍵語を用いている。「我々が人間である限り人間が前にしていたことを我々もすることになるのを免れなくてそれを新たにすることで新しさの意味を我々自身に即して知ることにもなる」(「素朴に就て」)と書くとおり、本当に新しいものなど人間の行為には存在しない。言葉も同様である。しかし、人間は符牒のような言葉を使い、自身の行為や発言の新規性をしばしば主張する。現代では、なおさらその傾向が甚だしくなっているようにも思われる。では、「それを新たにすることで新しさの意味を我々自身に即して知ることにもなる」とは、どういうことか。

見事に言い当てた文章があるので少し長くなるが、「何も言うことがないこと」からその箇所を引用する。「それで次にそういう言葉の言わば性質ということが出て来る。或は種類でも構わないのであるが言葉はその用い方でどういう効果も収めることが出来るもので我々の眼を我々が住んでいる世界に対して何かの形で開かせる種類の言葉に共通であるのがそれが所謂、人目を惹くということをしないことである。その働きの性質からこれは納得が行くことである筈で我々が驚くのは我々にとって思い掛けないことに出会うことによってであり、我々にとって真実であることは我々が初めからそこにあるという気がしていて或る時それが間違いなくそこにあってそれがどういうものであるかを知るに至るという方式で我々に伝えられることである。その時に我々は驚かなくてただその通りであると考えてそうして知ったことが我々に浸透する」。本当に人間に目を開かせる言葉は、人目を惹くことはしない。むしろ初めからそこにあって、ある瞬間に、人間はそれがそこにあることが間違いないものとして知り直す。そして繰り返すが、知るということが真の目的ではなく、知った対象とともに知ったあとも生き続けることが、知るということの目的であり、それが対象に親しむことである。

そして、吉田の論はクライマックスを迎える。「我々の記憶に残る言葉が凡てそういう親密に我々に語り掛けて人を驚かせる要素がない性質のものである理由はそこにある。（…）我々が眼を開かれて知るのは我々が前から知っていたことであり、ただそれまではそうであることだったことがそれからはそうでなければならなくなる」（「同」）。言葉は、ただそれまではそうであることだったことが、それからはそうでなければならなくなる、というかたちで人間に働き掛けてくる。そこから溢れ出してくるのは、友情や親しみだ。自分にとって、そうでなければならなくなるものが言葉によって探され、自身に即して世界を知るに至る。

そう考えれば、文学が言葉であるなどということは改めて断るまでもないことなのだ。

（みやざき ともゆき／文芸評論家、エッセイスト）

[著者]

吉田健一（よしだ・けんいち）

1912年、東京生まれ。ケンブリッジ大学で学び、帰国後、翻訳家、文芸評論家、さらに小説家として健筆をふるう。『シェイクスピア』『瓦礫の中』で読売文学賞、『日本に就て』で新潮社文学賞、『ヨオロッパの世紀末』で野間文芸賞を受賞。その他の著書に『英国の文学』『金沢』『絵空ごと』『東京の昔』『時間』『私の食物誌』など多数。77年歿。

平凡社ライブラリー 968

言《こと》葉《ば》というもの

発行日…………2024年5月2日　初版第1刷

著者……………吉田健一

発行者…………下中順平

発行所…………株式会社平凡社

〒101-0051　東京都千代田区神田神保町3-29

電話　(03)3230-6573［営業］

ホームページ　https://www.heibonsha.co.jp/

印刷・製本……株式会社東京印書館

DTP…………平凡社制作

装幀……………中垣信夫

ISBN978-4-582-76968-5

【お問い合わせ】
本書の内容に関するお問い合わせは
弊社お問い合わせフォームをご利用ください。
https://www.heibonsha.co.jp/contact/

由良君美著
椿説泰西浪曼派文学談義
「すこしイギリス文学を面白いものにしてみよう」――澁澤龍彥・種村季弘と並び称された伝説の知性。幻想文学から絵画や音楽までをも渉猟した最初の著作にして代表作、待望の再刊。
解説＝高山宏

グスタフ・ルネ・ホッケ著／種村季弘訳
文学におけるマニエリスム
言語錬金術ならびに秘教的組み合わせ術
『迷宮としての世界』姉妹編。文学史の中に、古典主義と精神史的対極に位置するマニエリスムの諸相と本体を多岐にわたる視点から厖大な文学作品を渉猟して見極める決定的な書物。
解説＝高山宏

テリー・イーグルトン著／大橋洋一訳
シェイクスピア
言語・欲望・貨幣
主要作品の挑戦的・刺激的な読解により、第一級の思想家として、シェイクスピアが現代に甦る！「読む」とは何か、「文学」とは、「批評」とは何かを知ることができる最良の入門書。

内田百閒著／東雅夫編
百鬼園百物語
百閒怪異小品集
夢とうつつの狭間をよろめきながら歩く、そんな覚束ない感覚。内田百閒の掌編、日記、随筆を集めた百物語。『おばけずき――鏡花怪異小品集』に続く文豪怪異小品シリーズ第2弾。

澁澤龍彥著
貝殻と頭蓋骨
ただ一度の中東旅行の記録、花田清輝、日夏耿之介、小栗虫太郎など偏愛作家への讃辞、幻想美術、オカルト、魔術――その魅力が凝縮された幻の澁澤本。没後30年記念刊行。

石川淳随筆集

石川淳著／澁澤龍彥編

「この集で、私は石川淳さんのダンディズム、つまり精神のおしゃれを存分に示したいと思った」——。和漢洋古今聖俗を自由に往還する珠玉の随想を澁澤龍彥が精選。

フォルモサ 台湾と日本の地理歴史

ジョージ・サルマナザール著／原田範行訳

自称台湾人の詐欺師による詳細な台湾・日本紹介。すべて架空の創作ながら知識層に広く読まれ、18世紀欧州の極東認識やあの『ガリヴァー旅行記』にも影響を与えた世紀の奇書。【HLオリジナル版】

内田百閒随筆集

内田百閒著／平山三郎編

借金、酒、猫、鉄道……。諧謔と機知に満ちた随筆を多数残した百閒の珠玉の作品を、「阿房列車」シリーズに同乗したことで知られる「ヒマラヤ山系」こと平山三郎が精選。

吉田健一随筆集

吉田健一著／中村光夫編

文学、旅、酒、食……。該博な知識で森羅万象を闊達に論じ、人生の愉しみを自在に綴る吉田健一の芳醇な随想を、盟友中村光夫が精選。虚実のあわいに遊ぶ名篇「酒宴」を併録。

本が語ってくれること

吉田健一著

東西の作家を自由に往還しながら闊達に読書の喜びを描く表題作、文芸時評の枠を超えた文明論、本を読む行為から言葉の本質に迫る「本を読む為に」……吉田流読書論の神髄。

解説＝古屋美登里

J・バルトルシャイティス著／西野嘉章訳
新版 幻想の中世
ゴシック美術における古代と異国趣味

ゴシック美術に跳梁する異形異類、繁茂する動植物文、マンダラ——古代と東方の珍奇なイメージの絶えざる越境と異種交配を空前のスケールで描いた綺想の図像学、待望の復刊。

解説＝荒俣宏

J・ジョイス＋W・B・イエイツほか著／下楠昌哉編訳
妖精・幽霊短編小説集
『ダブリナーズ』と異界の住人たち

ジョイス『ダブリナーズ』の短編を同時期に書かれた妖精・幽霊短編作品と併読するアンソロジー。19世紀末から20世紀初頭、人々が肌で感じていた超自然的世界が立ち現れる！

【HLオリジナル版】

西川祐子著
増補 借家と持ち家の文学史
「私」のうつわの物語

男たちは「家つくり」を小説に書き続け、女たちは「家出」ばかりを書いてきた。明治から150年の小説群を「家」で読み解いたときに見えてきた、日本の家、家族、家庭のかたち。

解説＝戸邉秀明

吉田健一著
余生の文学

「我々は若くなる為にも年を取る他ない」——。古今東西の文芸に通暁した著者が、作品を自在に引用しつつ綴る文学論、文章論、そして人生論。書物への愛情あふれる随想集。

解説＝宮崎智之

エドマンド・バーク著／大河内昌訳
崇高と美の起源

巨大で危険な対象がもたらす感動「崇高」が苦／恐怖を喚起し、「美」が快を生ずると論じ、ロマン派への道を拓いた美学史上に残る不朽の名著、待望のコンパクト版。

解説＝井奥陽子